Sonhando a Palestina

RANDA GHAZY

Sonhando a Palestina

Tradução de
MONICA BRAGA

EDITORA RECORD
RIO DE JANEIRO • SÃO PAULO
2006

CIP-Brasil. Catalogação-na-fonte
Sindicato Nacional dos Editores de Livros, RJ.

G34s
Ghazy, Randa
Sonhando a Palestina: um romance sobre amizade, amor e guerra / tradução Monica Braga. – Rio de Janeiro: Record, 2006.

Tradução de: Sognando Palestina
ISBN 85-01-07285-0

1. Romance italiano. I. Braga, Monica. II. Título.

06-2336
CDD – 853
CDU – 811.131.1-3

Título original em italiano:
SOGNANDO PALESTINA

Direitos exclusivos de publicação em língua portuguesa para o Brasil adquiridos pela
EDITORA RECORD LTDA.
Rua Argentina 171 – Rio de Janeiro, RJ – 20921-380 – Tel.: 2585-2000
que se reserva a propriedade literária desta tradução

Impresso no Brasil

ISBN 85-01-07285-0

PEDIDOS PELO REEMBOLSO POSTAL
Caixa Postal 23.052
Rio de Janeiro, RJ – 20922-970

Há muitas pessoas, pessoas demais,
a quem eu queria agradecer.
Por isso, limito-me a citar as mais importantes:
Davide, ele sabe por quê; Marina, que sonhou
comigo; meus pais, porque o que sou, digo e
escrevo é fruto do que eles fizeram; meu pai,
porque foi ele que me fez entender que os palestinos
são nossos irmãos e que o sofrimento deles precisa
acabar; Beatrice e Cristina, que me permitiram
realizar o sonho da minha vida; e, principalmente, a
minha irmã, Rasha, que esteve comigo ao longo de
cada suada linha deste livro e que teve a enorme
paciência de estar do meu lado, sempre.
Obrigada.

Dedico esta história, cujos personagens e acontecimentos (com exceção de alguns fatos tirados de jornais) são exclusivamente frutos de minha imaginação, a Mohamed Gamal Aldorra, 12 anos, morto como Ahmed, como Ualid, sem motivo e com coragem. Dedico esta história a ele e oro por ele, para que, onde está, onde quer que se encontre, ele tenha algo melhor do que o ódio e a morte dessa guerra.

Resistirei sem medo. Sim, sem medo, resistirei.

Na terra de meu país, resistirei.
Ainda que roubem tudo o que tenho, resistirei.
Ainda que matem meus filhos, resistirei.
Ainda que destruam minha casa,
Ah, minha amada casa!
À sombra de suas paredes, resistirei.

Resistirei sem medo...

Com toda a força da minha alma, resistirei.
Com meu bastão, com meu punhal, resistirei.
Com a bandeira na mão, resistirei.
Ainda que cortem minha mão
e maculem a bandeira,
com a outra mão, resistirei.

Resistirei sem medo...

A cada palmo de meu campo, de meu jardim, resistirei.
Com fé e vontade, resistirei.
Com unhas e dentes, resistirei.
E até quando meu corpo
nada for além de uma chaga,
com o sangue das feridas, resistirei.

Resistirei sem medo...

PALESTINO ANÔNIMO

UM

— Pode-se saber por que sempre eu? Hein? Ninguém mais pode fazer isso no meu lugar? Mas que inferno! Há o Ramy! Mandem ele fazer! Eu estou cheio! Não sou seu empregado! Que inferno, eu tenho cara de empregado? Por acaso tenho cara de empregado? Jihad, para você, eu tenho cara de empregado? Mas diga a verdade! Um empregado?

— Não, você não tem cara de empregado, Ibrahim! Não tem mesmo, você parece um imperador! Um imperador grego que...

— Pare de falar besteira, Jihad! Depois, que diabo de nome é esse que deram a você? Que nome é esse, Jihad?

— Jihad é um nome glorioso! Sabe, é um daqueles nomes cunados... conados... coinados...

— Cunhados! Os nomes cunhados em época de guerra! Você já contou essa história mil vezes!

— Isso, obrigado, Nedal, e não venha me dizer que seu nome também é coinado... conado... cunado...

— Cunhado!

— Isso, cunhado em época de guerra! Ele quer dizer homem corajoso, que não se entrega, que luta! Porque nós...

— Cale a boca, Jihad! Ou melhor, por que não vai você? Não sou seu empregado! Por que tenho que ir sempre eu? Tenho cara de empregado? Ahmed, você acha que tenho cara de empregado?

— Hein? O que você disse, Ibrahim?

— Largue esse maldito livro, Ahmed, e me diga: eu tenho cara de empregado?

— Olha, este livro é maravilhoso... Sabia que os fumantes têm menos chances de contrair o mal de Alzheimer do que os não-fumantes?

— Ah, Ahmed, largue esse maldito livro e me diga: tenho cara de empregado?

— Não entendo por que você diz isso com tom de desprezo! Os empregados, desde o início dos tempos, batalham muito! Eles trabalham, suam, com os músculos condicionados, com muita força nos braços, impassíveis, sem deixar transparecer a exasperação e a perda da dignidade...

— O que diabo isso tem a ver? Ahmed, só perguntei se tenho cara de empregado.

— Não sei dizer, acho que... Ei, Ualid, você chegou! Quanto tempo se leva para comprar um maço de cigarros, pode me explicar? Há uma tabacaria na esquina, uma venda do outro lado da rua...

— O outro lado da rua, como você diz, fica a seiscentos metros!

— E daí? Você é jovem, devia estar acostumado a correr! Além disso, este aqui é Philip Morris! Eu pedi Marlboro Light! Você não sabe comprar nem um maço de cigarros? Com quinze anos, o sujeito não sabe ir comprar um maço de cigarros? Pode me explicar o que tem na cabeça? Ei, o que é isso na sua mão?

SBAM

— Deus glorioso, o que foi isso? Nem minha mãe me dava safanões iguais a esse! O que deu em você, Ahmed? Eu não fiz nada!

— Desde quando você fuma, desgraçado? Largue agora esse cigarro! Ou melhor, me dê aqui!... Aaah... Sabe que eu não fumava há dois dias? E que seja a última vez, cretino. Se quiser ser um dos nossos, não apareça mais com um cigarro na mão!

— Mas todos vocês fumam!

— Mas você tem 15 anos, idiota!

— Mas Mohammad e Ramy fumam desde que tinham doze!

— Isso é problema deles! Como você é imbecil! Aliás, como pode ser um dos nossos? Como fomos aceitar você? Não, me explique, por favor, porque esqueci completamente... como pudemos ser tão idiotas a ponto de aceitar você conosco? Hein?

— Desculpe, desculpe, Ahmed, prometo que não acontecerá de novo, sério! Desculpe! Ibrahim, diga alguma coisa!

— Qual é, Ahmed, Ualid tem razão! Não faça mais isso, vamos... Ouça, Ualid, você acha que tenho cara de empregado? Não, me diga a verdade, diga, eu tenho cara de empregado?

— De empregado? Bem, não sei... Não, me parece que não. Talvez um pouco, sabe, você tem as sobrancelhas grossas, a testa muita alta e a pele cor de café sujo, e está sempre de orelhas sujas e tem as narinas grandes...

— Como você se atreve ? Olhem só isso... Café sujo? Que mal-educado!

SBAM

— Ai! O que você fez? Que dor... Todos vão me bater hoje? Vão se fod...

SBAM

— Isso, muito bem, fora daqui, senão leva o terceiro... Mas vejam só esses jovens, mal-educados até não poderem mais... Você viu, Ahmed?

— Não sei o que dizer, talvez tenhamos sido um pouco duros...

— Deixe de ser molenga! Ele é o mais novo, nossas esperanças estão nele! Ele é o nosso futuro, não entende? Temos que estar atrás dele, sempre! As mães servem para bater e fazer carinho; nós, em compensação, só para bater! Entendeu? Temos de educá-lo, mas também temos de transformá-lo em alguém durão, senão teremos uma bicha que desmaia ao ver sangue!

— Bem, talvez tenha razão...

— Escute, voltando ao assunto de antes, acha que tenho cara de empregado? Não, porque, me desculpe, não é justo que seja sempre eu a ir ao poço! Depois, faz uma semana que não temos água. O que diabo está acontecendo? Depois, eu tenho cara de empregado?

— Eu não saberia dizer, Ibrahim. É que você não tem cara de nobre...

— E o que isso tem a ver? Escute aqui, eu sou Ibrahim Samir Sayed al Ramadan! Acha isso pouco? Hein? Por acaso tenho cara de empregado?

— Bem, eu não saberia dizer... Riham, você acha que Ibrahim tem cara de empregado?

— Pelo amor de Deus, pare, Jihad! Quer este chá ou não? Alá Todo-Poderoso... Quer parar? Fora, vamos! Desapareça! Hein? O que você disse, Ahmed? De empregado? Eu não saberia dizer. No Egito, tenho um amigo que se parece com ele, mas é um cara cheio da grana, com uma família nobre por trás, rica há gerações.

— Pronto, viu, Ahmed? Olhe só esses idiotas. Obrigado, Riham! Você é maravilhosa! Agora, vá você ao poço idiota. Olha só que imbecis...

— Ei, o que você quer? Eu não vou até o poço! E se encontrar um soldado? E se levar uma bala na cabeça? Você não se mataria por remorso, por sentimento de culpa, não é ? Deus, que crueldade! E se me cercarem? E se me matarem? Quer que eu morra, assim, sozinho como um cão? E ainda por culpa sua?

— Está bem, não precisa criar caso! Ualid! Ualid!

— Sim? O que foi?

— Pegue um balde e vá buscar água.

— Eu? Mas acabei de ir comprar cigarro!

— Não quero saber. Vá, antes que ganhe outro safanão!

— Está bem... ufa.

— Satisfeito, idiota? Agora, se os soldados tiverem que matar alguém, será um garoto de 15 anos!

— Ah, pelo amor de Deus, não faça eu me sentir culpado. E se os soldados o pegarem de verdade? Mas... ouça, pegue meu livro e coloque na mochila para mim. Vou com Ualid, volto logo...

— Deus, que idiota. É só falar de morte para ele ficar com a pulga atrás da orelha. Mas vejam estes jovens...

Ibrahim dá uma olhada no livro de Ahmed, mas ele não lhe diz nada — nada —, pois jamais gostou de livros, não sabe explicar por quê. Na escola sempre o obrigavam a ler, mas era uma coisa que ele odiava, odiava, morria de tédio, preferia de longe jogar futebol com os amigos, enquanto Ahmed, que sempre ficava no gol porque era o pior jogador, podia ler até sentado na privada ou no meio do jogo, no gol, entre um chute e outro, ainda que seja preciso dizer que ele não pegava uma bola, que nunca foi capaz de jogar bola, mas o goleiro é necessário, e nunca ninguém estava disposto a jogar naquela posição, porque todos queriam ser artilheiros, queriam ser heróis, sempre, em tudo...

O único livro que Ibrahim lê de boa vontade é o Alcorão, paixão transmitida pelo pai, que foi muezim na maior e mais freqüentada mesquita da cidade; um homem muito religioso, um grande homem, morto na guerra — ele também —, só que não apareceu na televisão por isso; mas, no fundo, pouco importa que o mundo saiba, já que o mundo não está nem aí — absolutamente nem aí — se morre um a mais ou um a menos, são apenas números, entende, números, e eles se limitam a dizer que é pecado, ou nem isso, porque estão ocupados demais trocando de canal; mas, no fundo, pouco importa, o que importa? não é a luta deles, não é a deles, é a luta dos palestinos e ponto, não a daquela parte do mundo que assiste à televisão, decerto não, ainda que um ministro das Relações Exteriores de um país qualquer fale com os líderes das duas partes, ainda que o presidente americano organize uma conferência, ainda que o secretário da ONU dê declarações confiantes e interessadas, não diz respeito a eles, e eles sabem bem disso, porque são eles — eles — que se distanciaram; sabe-se que eles não querem saber de nada, nada, estão ocupados com outras coisas, e, isso, eles, os palestinos, sabem, sabem bem; talvez, entre eles, se encontre um egípcio, alguns sírios, um jordaniano? mas pouco importa, pois continuam sendo dois ou três e, no fundo, os palestinos sabem que estão sozinhos; vocês acham triste? é assim, de verdade — todos nós sabemos —; todos esperamos que percam, acreditamos que irão perder, viramos o rosto, não lhes parece mais fácil?

O líder da OLP foi assassinado, a Mãe América condena Israel (tá bem!), o mundo assiste, os palestinos reagem, a Mãe América os define como terroristas (tá bem!), o mundo assiste, é óbvio que os israelenses não são terroristas — nããããão —, apenas pobres soldados com algumas metralhadoras e alguns tanques; mas, em compensação, olhe os palestinos, que assassinos, com aquelas armas de última geração, aqueles aparelhos muito sofisticados e modernos — são pedras? —, aquelas pedras tão poderosas e bem-lançadas, com seus corpos militares superorganizados, o mundo assiste; Ibrahim toma um copo d'água, Ualid e Ahmed voltam, nenhum soldado os matou, e mais uma vez o medo foi derrotado; ah, mas que cagaço; o ministro das Relações Exteriores italiano falou com Arafat, mas o que vai mudar? um israelense de 60 anos foi morto na Cisjordânia, Sharon quer uma trégua de sete dias, Ibrahim pega a foto do pai, olha-a, as linhas marcadas, o olhar orgulhoso, aquela luz nos olhos; a Mãe América continua mandando presentinhos para os israelenses — presentinhos, presentinhos que matam, armas — o mundo assiste; uma lágrima escorre pelo rosto de Ibrahim, mas não, não, ele é homem, homem, ele sempre foi educado para isso, para ser homem, nada de lágrimas, ele deve ser forte, DEVE, é claro, como se luta uma guerra chorando? Não dá; o mundo assiste, assiste, o mundo assiste.

— Riham! Riham! Anda logo, pelo amor de Deus, o que está fazendo? Bem, claro, você tem razão... está sempre preparando a comida. Sinto muito por você, talvez seja melhor arriscar a pele, mas pelo menos ir, sair do abrigo, do que ficar em casa, fazendo comida para todos. O que tem para comer? Grão-de-bico de novo, Céus! Você só sabe fazer grão-de-bico?

— Ibrahim, hoje é grão-de-bico com molho, e olhe que sei cozinhar muitas outras coisas, mas enquanto Ualid só me trouxer grão-de-bico da venda, o que mais posso preparar?

— E por que o idiota do Ualid só compra grão-de-bico?

— Talvez porque o dinheiro que vocês dão a ele só dê para comprar grão-de-bico? É uma hipótese interessante, pense nela.

— O que é? Está me gozando, mulher?

— Esta mulher tem nome, homem.

— Não seja sarcástica.

— E você, não seja mal-educado.

— Eu gostaria muito de saber por que Nedal casou com você.

— Porque ele não é como você, graças aos Céus! E, agora, vá chamar os outros, porque está pronto, e pare com esses cigarros nojentos, porque este barraco está sufocante, e eu, que nunca pus a mão em um cigarro, estou fedendo mais do que vocês e com o pulmão em frangalhos!

Os homens se sentam à mesa, Ualid traz o pão, Riham coloca três, quatro pratos na mesinha, e cada um mergulha o pão no molho; com a colher, colocam um punhado de grãos-de-bico na boca, comem em silêncio, cada um imerso nos próprios pensamentos, só Ualid continua reclamando porque não tem espaço e está espremido entre Mohammad, dotado de uma massa corporal nada sutil, e Ibrahim, que, quando come, senta-se todo torto, estendendo os braços e pernas, prejudicando quem está ao lado. Então, o silêncio, apenas o barulho das colheres e dos lábios que chupam o molho; então, Ibrahim fala, diz que, no vilarejo vizinho ao deles, três rapazes foram mortos hoje porque dois soldados chegaram, ouviram barulho, viraram-se e atiraram. Um dos soldados foi atingido por uma pedra, está com uma ferida no olho, mas não muito grave; Nedal rebate, dizendo que um soldado israelense foi apedrejado em Rafah; Ramy responde que uma mulher foi morta, e seu marido gravemente ferido, em Hebron, por um grupo de soldados israelenses. Então, todos se calam, e terminam de comer.

Levantam-se lentamente, cada um faz alguma coisa, alguns voltam para o trabalho, Riham vai lavar a louça e fazer o chá, Nedal se levanta para ajudá-la, e Ibrahim vai atrás, para lhe dizer alguma coisa.

Ahmed tem uma pistola, encontrou-a com um soldado israelense morto, e todos os dias a pega e a lustra com cuidado, atenção, parece uma coisa muito importante; uma vez, Ualid perguntou se podia tocá-la, e Ahmed lhe disse que não, que era perigoso, e Ualid insistiu: por que seria perigoso? E, de repente, tocou-a, pegou-a na mão, Ahmed pulou em cima dele e pum, um tiro foi disparado, então um grito, todos correram para o quarto e, quando viram Ualid no chão, com as mãos na cabeça, e Ahmed enroscado ao lado dele, tremendo, todos começaram a rir; Deus, que burro, que burro, ou melhor, todos os dois, tão idiotas e cagões...

De todo modo, juntos, assim, dão força um ao outro, riem da própria tolice, riem, mas poderia, deveria, ser sério em uma situação do gênero, é guerra, não é outra coisa, há gente que morre, vidas que são desperdiçadas, destinos, vidas, entendem?, vidas, mas ainda têm forças para rir de algo engraçado — têm —, talvez para não chorar, talvez porque queiram se convencer de que há alguma coisa de normal na vida deles, porque querem recuperar a tranqüilidade das coisas banais e das calmarias domésticas, é assim, eles sabem, homens adultos contra a guerra, garotos que brincam de ser adultos porque alguém os obriga a brincar; adultos que gostariam de ser crianças, corpos e ideais de gente grande, mas sentimentos, fraquezas, medos de gente pequena.

A guerra os fez crescer, é assim, não queriam, mas é assim, como aquele Gamal, 20 anos, jovem, ingênuo, não tinha nem o ensino médio, não sabia nem quem era Kofi Annan (naquele dia em que o viu na televisão, perguntou quem era) e, bem, de vez em quando aparecia na casa deles, fumava o cigarro deles, orava com eles, comia grão-de-bico com eles, aceitava até os conselhos deles, vomitava xingamentos contra Sharon, assassino sujo, sem na verdade nem saber como era seu rosto, o que ele fizera na vida — só sabia que era um assassino sujo —, era assim, Gamal aceitara um ódio que não era dele, era do povo, e dera um jeito de moldá-lo a sua personalidade (aliás, pouco destacada, não falava nunca, comia pouco, fumava pouco, nenhum excesso e nenhum ideal de mártir), é isso; Gamal, que cuspia o tabaco no chão, a mãe tinha sido violentada e morta pelo pai, o pai tinha sido preso, mas se enforcou com a camiseta de presidiário, os irmãos, todos menores do que ele, estavam espalhados pelas ruas, a irmã tinha se casado com um homem que nunca parava em casa; é isso, essa família destruída, essa personalidade apática, essas palavras — assassino sujo — cuspidas no chão com o tabaco Drum, sem na verdade nem saber por quê, assim, assim e pronto, é isso, Gamal cresceu assim, mal, rápido, sem possibilidade de escolher — ninguém jamais tem —, e todos sabiam que aconteceria, todos sabiam, era assim, ele faria alguma coisa, mais cedo ou mais tarde, qualquer coisa, ninguém queria, ninguém, não, Gamal, não, por quê? Há outras maneiras, mas ele, ao contrário, aproximou-se de uma base de soldados israelenses, deixou-se revistar e, então, de repente,

eis que, de repente, a bomba explodiu, seu peito rompeu-se em grumos, pedaços, fragmentos de carne, seu corpo explodiu, ele mandou para os ares, sozinho, todo um posto de controle israelense, cinco soldados morreram com ele, cinco, e, diante da centena que se via por toda parte, no fundo, perguntávamo-nos por que jogar fora a própria vida para matar apenas cinco inimigos; é um número irrelevante; depois, seu país precisa de você para outras coisas; o motivo, ninguém sabe; um beijo, cuide-se, sentiremos sua falta, você é corajoso, de verdade, falo sério, não sei se eu conseguiria fazê-lo um dia, todos nos lembraremos de você, venceremos, venceremos também graças a você, que Deus o acompanhe, e deixaram-no ir — deixaram-no ir —, e, depois de uns vinte minutos, a alguns quilômetros de distância, uma bomba explodira, Gamal explodira, e um posto de controle, e cinco soldados — outros feridos, alguns sobreviventes —, e a televisão nem mencionara; tinha falado de Arafat, que devia dar uma resposta a Sharon, que queria uma trégua de sete dias, mas aquela não era a guerra — não era — nem a verdade; deviam falar de Gamal, não de Sharon; o que Sharon estará fazendo agora? Talvez esteja tomando um chá em casa, mas é sempre assim, sempre, não se pode fazer nada, e ninguém conhecera Gamal, ninguém sabia do Drum que fumava e das palavras que dizia — assassino sujo —, ninguém jamais saberia. Mas a guerra é assim.

DOIS

Certas coisas acontecem por acaso, assim. Talvez sejam as escolhas das pessoas; o estranho curso dos acontecimentos, as coincidências. O fato é que chega uma fase da vida em que nos perguntamos: mas como cheguei até aqui? E era isso que Ibrahim se perguntava: como tinha chegado até ali, como tinha sido sua vida antes de encontrar um objetivo e pessoas com quem atingi-lo; pessoas que pensam como você, que têm os seus ideais e as suas convicções, e a sua mesma vontade de agir...

Ibrahim tinha 31 anos e uma vida nada fácil sobre os ombros.

A mãe, uma lindíssima jordaniana, conhecera seu pai em uma conferência sobre átomos, em Amã, anos antes; ambos eram jovens engenheiros, cultos e cheios de vontade de viver.

Seu pai mudara-se para a Jordânia com a família, deixando Gaza por motivos profissionais, e ainda procurava emprego quando se casou com Salma Aziz Abd El Rahmen.

Viveram na Jordânia por alguns anos, depois foram para Israel. A família de Fathi, o pai de Ibrahim, já tinha voltado para lá, ele queria revê-los.

Ibrahim nasceu três anos depois do casamento. Era um belo bebê gorducho, pesava quatro quilos e meio quando nasceu, e estava sempre sorridente e feliz.

Aos cinco anos, ele perdeu a mãe. Ela teve uma forma aguda de leucemia e morreu após quase um mês de agonia.

É difícil explicar a uma criança que sua mãe morreu.

É difícil porque se tenta aceitar o fato, entendê-lo. Qual é o futuro de uma criança sem mãe? Por que uma criança deve crescer sem o apoio materno?

Esses pensamentos atormentavam Fathi, o qual, sem querer, acabava negligenciando o filho.

Ibrahim cresceu sem a orientação de um pai nem de uma mãe. Era uma criança taciturna, solitária, sombria. Na escola, não tinha amigos, em casa, só fazia estudar e fitar, nas horas vagas, a parede do quarto.

Às vezes se aproximava da porta do quarto do pai e o via rezando uma suna, o movimento lento dos lábios, quase rítmico, marcado pelo tempo preciso e cantado das orações, ou o ouvia recitando o Alcorão, com a voz profunda, pesada, que às vezes lhe parecia ligeiramente trêmula.

Ibrahim fez faculdade. Matriculou-se no curso de Direito, um pouco por falta de idéias. Parecia uma faculdade bem útil, que lhe teria permitido, um dia, defender os direitos de seu povo não só com a violência, mas também com a diplomacia.

Ele não era um rapaz extrovertido, mas isso lhe parecia uma questão secundária.

O pai dedicava pouco tempo a ele: acordava e ia abrir a mesquita, para a oração do Fagr, e ficava lá orando e orando durante minutos, horas, sem nunca se cansar.

Ibrahim ficava todo orgulhoso sempre que ouvia a voz do pai forte e amplificada pelos microfones, chamando todos os muçulmanos para a oração.

Ele também achava incrível o fato de que, depois de perder a mulher, em vez de desaparecer, a fé dele tenha aumentado. Aquilo parecia importante, e acabou reforçando a fé de Ibrahim também.

Seu pai só se mostrava apaixonado por apenas uma outra coisa, além da religião: a guerra.

A guerra que assolava, diante de seus olhos, desde o dia em que nascera.

A guerra que matara seus colegas, os amigos, os parentes.

A guerra que se alimentava de sangue e lágrimas e que batia, rude, forte, à porta do povo palestino.

Uma vez, Ibrahim ouviu o pai falar a um séquito de fiéis na mesquita.

Tinha 20 anos e admirava o pai, o qual, nas raras vezes em que conversavam, sempre lhe lembrava de que ele era um homem, um homem, forte, você precisa lutar, Ibrahim, mostrar seu valor, esta é a sua casa, esta é a sua terra, esta é a única coisa que você tem. Defenda-a. Mesmo com a vida.

Seu pai dizia àquele grupo de fiéis, na mesquita, que quando o inimigo entra na sua casa e tira as roupas do seu corpo, e quando ocupa os quartos da sua casa e lhe deixa um pedaço de corredor, isso já basta para resistir, você e sua família, ele dizia assim mesmo, que já basta para resistir, você e sua família, e depois, depois de pegar suas coisas, ele lhe diz: "Agora, façamos as pazes." Isso. E se você diz que não, é um terrorista. Por acaso não quer a paz? É claro que quer, dizia seu pai, mas

não há paz sem justiça.

Assim dizia ele, assim, fechando os olhos, buscando na mente imagens de palestinos que morriam assim, dizia, buscando imagens da mulher e da família, de seu país, dizia,

não há paz sem justiça.

Ibrahim então parava, esquecia as aulas da faculdade, tirava os sapatos e entrava na mesquita, sentava-se no chão e unia-se ao grupo de fiéis enquanto seu pai dizia

Nós estamos com a razão, lembrem-se, com a razão.

E quando via uma sombra, ainda que muito leve, no rosto de alguém, uma sombra de dúvida, ele dizia

A terra de Canaã, lembrem-se, tornou-se Terra de Israel depois, lembrem-se, depois da conquista israelense no século XIII antes de Cristo, lembrem-se, esta é a nossa terra, nossa

E a Jihad é legítima

legítima

Lembrem-se, Alá nos disse: "Defende tua terra e tua família, e se entrarem em tua terra e tomarem tua casa, reivindicando o que é teu, luta, usa as armas deles, as roupas deles, as ações deles, faz com eles o que fizeram a ti, e essa será uma guerra santa, a Jihad."

Ibrahim então via nos olhos do pai a determinação, aquela determinação, e sentia o medo penetrar-lhe os ossos, porque aquele não parecia seu pai, parecia um homem dedicado à pátria, à luta, uma luta pessoal, porque seu pai lutava contra o inimigo dentro de si, em sua mente, e quem era aquele inimigo?

A dor

Era a dor que ele combatia dentro de si, porque devia ser homem, sempre, de qualquer maneira

e seu pai, com aquele olhar, e aquela dor, e aquela vontade de lutar

era um homem.

Certa noite, Ibrahim estudava, depois do jantar. Estava no quarto e consultava as anotações feitas na universidade, quando o pai entrou no cômodo, com o Alcorão na mão, e parou para observá-lo, inclinado sobre os papéis, com um ar tão vulnerável, tão jovem, e viu a si mesmo aos 20 anos, ainda tão inseguro e tão inocente. Viu a si mesmo e apertou com força a capa de couro do livro sagrado

Talvez lhe tenha escapado um suspiro ou alguma coisa, porque Ibrahim vira-se para ele e diz

Papai

Disse assim, percebendo sua presença apenas naquele instante,

então Fathi entrou, parou em frente a ele

e recitou:

"Não considera mortos aqueles que foram assassinados no caminho de Alá. Pelo contrário, estão vivos e bem-cuidados junto ao Senhor, felizes com aquilo que Alá, por Sua grandeza, concede-lhes. E, àqueles que ficaram para trás, dão a feliz notícia: Alá, por Sua graça, concede. E, àqueles que ficaram para trás, dão a feliz notícia: Não temas, não haverá sofrimento."

Ibrahim olhou para ele, sem entender o porquê daquele versículo.

— Ibrahim, Ibrahim, acorda! Anda logo!

— *Allahu akbar!* O que foi...?

Ibrahim acordou em sobressalto e olhou em volta, freneticamente. Na sua frente estava seu primo, Gomaa, amedrontado, aos prantos, agitado

Ele chorava

era homem, Gomaa era homem, e chorava, e gritou:

— Seu pai!

Ibrahim sentiu o terror golpear-lhe, perfurar o estômago, as mãos de repente ficarem frias, um tremor lhe sacudir o corpo, e irrompeu:

— O que foi? Cadê meu pai? Cadê?

Gomaa agarrou-lhe um braço, puxou-o para fora da cama

e lhe disse
seu pai
seu pai
saíram correndo juntos do apartamento e se precipitaram para a praça, onde uma grande multidão gritava; viu as mulheres soluçando, os meninos chorando, viu todos correndo, e então viu o pai
estendido no chão
e todos o fitavam, e o sangue sujava a praça
o Alcorão manchado
e jogado no chão, aberto, com a capa rasgada.
Seu pai no chão, todo aquele sangue
ele chegara em paz, com o Alcorão, e começara a recitar alguns versículos,
condenando os soldados, condenando sua violência e sua brutalidade,
formara-se uma multidão de fiéis, que repetiam os versículos, inflamados e cada vez mais furiosos,
todos de braços erguidos para o céu, os gritos, cada vez mais altos,
as crianças pulavam, gritando junto
Fathi levantava a voz cada vez mais,
já estava se tornando uma manifestação, a raiva aumentava,
os rapazes exaltados, as mulheres cheias de ódio
os soldados sentiram o perigo de um tumulto e intervieram,
começaram a atirar para cima,
mas as pessoas, já acostumadas com as rajadas de

metralhadora, continuavam gritando, repetindo as palavras do muezim,

os soldados, cada vez mais preocupados, então assustados,

Fathi havia apontado para eles,

acusando-os de pecados de sangue,

de pecados de fé,

a multidão apoiava sua voz com gritos

no fundo, era apenas um velho, estava apenas recitando alguns versículos, mas eles intervieram, eram muitos

e finalmente atiraram contra ele

talvez tenha agido movido pela força da fé, acreditando que ela, sozinha, bastasse

mas acabara apenas estendido no chão, com o Alcorão ao lado

talvez tenha ido embora deixando o filho sozinho mais uma vez

Ibrahim abriu espaço entre as pessoas, caminhando lentamente

Parecia-lhe morto

Parecia que tudo aquilo era mentira

Não podia ser verdade, seu pai não estava no chão

E todo aquele sangue nunca fora derramado

Aproximou-se do corpo do pai, inclinou-se, olhou a barba escura, os olhos fechados, a boca entreaberta

E reviveu seus vinte anos de vida, ouviu de novo a voz do pai

que pronunciava as palavras de Deus, com devoção

Pegou o Alcorão, aquele livro sujo e rasgado, pegou-o com as mãos
e ouviu sua voz gritar.

Ibrahim largou a faculdade
e começou a vagar pelos vilarejos de Gaza, durante anos, com o Alcorão na mão e uma única idéia na cabeça:
ser homem.
Ser o homem que seu pai fora e defender a própria pátria, levar paz ao povo,
vingar todos aqueles mortos,
toda aquela dor.
Às vezes, ligava o rádio, ouvia as notícias e sentia um fogo queimá-lo por dentro e forçar para sair.
Sentia que estava enlouquecendo.
Era o ano de 1992, e o Partido Trabalhista venceu as eleições, e, assim, Rabin voltou a ser primeiro-ministro.
Sendo meio-jordaniano, Ibrahim se sentia traído: o rei Hussein da Jordânia, em 1970, como lhe contara seu pai, havia lançado o exército contra os palestinos, provocando uma tragédia.
Aquele Setembro Negro não lhe saía da cabeça.
Nem conseguia pensar no massacre que isso tinha significado, e o fato de que, em 1985, a Jordânia tivesse se oferecido como mediadora para resolver a questão palestina mal atenuava sua raiva e seu ódio. Os israelenses se retiraram do território de Gaza após dezoito anos de ocupação, mas Ibrahim não conseguia tirar da

cabeça a imagem de seu pai, do Alcorão e da última noite em que Fathi lhe lera aquele versículo.

Ibrahim queria até morrer, se isso significava defender a própria pátria, ganhar um lugar ao lado do Senhor, e ele não se importava mais com a vida e com os bens materiais.

Ele só queria encontrar a paz, a paz de seu próprio povo

E aquela paz interior da qual sentia falta há muito tempo,

mas não conseguia esquecer aquela frase,

não conseguia

não há paz sem justiça.

Aquele era o nono vilarejo que visitava, mas parecia-lhe o mais desolado,

não havia viva alma pelas ruas, só algumas casas aqui e ali, uma pequena mesquita

poucas lojas, muitas fechadas e caindo aos pedaços, ele andou

andou muito antes de parar,

parar diante da voz que anunciava a oração do zohr

então Ibrahim parou e olhou ao redor

viu um menino mancando

tinha um balde cheio de água, segurava-o sobre o ombro com uma mão,

com a outra, apertava a mão de uma menina

que devia ter três, quatro anos

não mais do que isso

ambos tinham o rosto cansado, sujo
cansado
sujo
e andavam com muita dificuldade, como se
como se cada passo custasse muito esforço
Ibrahim sentiu um peso no coração,
um peso
que lhe lembrou o dia da morte de seu pai
e isso quase lhe deu falta de ar
o peso da consciência

Ibrahim sabia que o pai tinha sofrido, sofrido até aquele último dia

e sua voz tremia quase imperceptivelmente a cada vez que lia o Alcorão,

e Ibrahim era capaz de apostar que também naquele último dia,

lendo o Alcorão,
a voz do pai tinha tremido um pouco
Lembrou-se disso tudo
quando viu as duas crianças

e obrigou-se a se aproximar e a falar com o menino, a dizer oi, tchau, a receber seu olhar assustado e, ao mesmo tempo, ameaçador, a ver seu pai naquele homenzinho, naquele menino crescido, e viu a desconfiança em seus olhos, e disse eu ajudo você, eu ajudo, não, não tenha medo, só quero ajudar, mas era inútil, não, o menino não queria entregar-lhe o balde, quem sabe, talvez achasse que Ibrahim quisesse roubá-lo, então o menino empurrou-o com os braços, Ibrahim recuou, e o menino apressou o passo, segurando o balde e a menina, apressou-se para se afastar daquele desconhecido.

Terminada a oração do zohr, Ibrahim ficou alguns minutos sentado no chão, em algum lugar de paz

lugar de paz

Para Ibrahim, o paraíso devia ser mais ou menos como uma mesquita,

apenas o silêncio, o silêncio protetor e confortante,

o silêncio verdadeiro

inócuo

e a tranqüilidade,

e aquela perfeição,

com os olhos fechados, quase lhe pareceu ter sido elevado a uma dimensão superior, onde sua dor era apenas uma lembrança ruim

mas essa sensação desapareceu

no momento em que percebeu que alguém o observava

sentindo-se observado abriu os olhos

olhou a sua volta e viu um homem que o fitava

era um homem muito alto e magro,

o rosto esquálido e comprido, os lábios finos, o nariz aquilino

e olhos muito grandes, que pareciam destoar

de todo o resto do rosto

tinha a aparência de um homem meigo e cordial

e continuava a fitar Ibrahim, mas sem hostilidade ou desconfiança e sim com gentileza,

como se estivesse curioso

mas não quisesse que ele se sentisse desconfortável

Ibrahim levantou-se e andou a passos lentos na direção da saída da mesquita

pegou seus sapatos, calçou-os, então, sempre com gestos sob medida,

saiu

sentindo o olhar intenso que parecia apunhalar-lhe a espinha

depois, ele sabia, quer dizer, é uma sensação estranha, não é premonição, não é coincidência, ele sabe e pronto, é uma daquelas coisas que surgem assim, não se pode controlar, você simplesmente sente lá dentro,

e, no fundo, você se prepara, porque sabe que está para acontecer

acontecer

isso, ele sabia, exatamente assim, e, talvez, com aquela maneira estudada de se comportar, quisesse instigar o homem, aconteceu assim, naturalmente, porque ele sabia que o homem teria falado com ele

e, de fato, falou,

ele o fez, e lhe disse

— Oi, oi — disse. — É a primeira vez que o vejo aqui, na mesquita. Por acaso você vem de outro vilarejo?

Assim, disse a ele, movendo os lábios e fazendo voarem as palavras,

que pareciam tão leves,

e parecia que tinha lhe dito uma bobagem, tipo "olha que dia lindo", ou então "que linda a cor das suas meias", uma bobagem, mas, não, em vez disso, disse-lhe uma coisa importante, importante, não

e Ibrahim respondeu:

— Eu me chamo Ibrahim.

O homem muito alto e magro do rosto esquálido e comprido e dos olhos grandes

se chamava Nedal,

e, na verdade, tinha apenas 20 anos, era um garoto,

mas tinha esse aspecto maduro, Ibrahim não entendia por quê, mas tinha esse aspecto maduro

e suas palavras voavam

e o modo como tratava Ibrahim era o de um irmão

Nedal morava com a irmã e a mãe, o pai tinha emigrado para a Síria

parecia um rapaz de uma grande paz interior.

Para Ibrahim, parecia estranho

que uma pessoa tão jovem, tão delicada

pudesse ser tão segura de seu papel na vida

Para Ibrahim, parecia estranho

Ele gostava muito de Nedal

Naquele dia, conversaram um pouco e passearam muito

Ibrahim pôde ver que o vilarejo era como que dividido em duas áreas: uma praticamente desabitada, e era aquela através da qual ele passara ao chegar ali; e outra onde as pessoas se concentravam

Ali havia alguns cafés ao ar livre, os prédios, cinza e velhos, tinham as janelas escancaradas, e a vida seguia, ainda que quase à força, parecia que os dias se arrastavam em instantes eternos e inexplicáveis

E Nedal lhe disse que assim podia-se apreciar melhor o dia.

— Exatamente assim — disse —, você tem todo o tempo, todo o tempo. Acontece apenas alguma coisa de vez em quando, mas, de resto, está tudo suspenso, um pouco como a morte

suspensa

e você fica surpreso por estar vivo, por estar vivendo, mas quase não percebe.

Assim dizia ele, e Ibrahim se impressionava cada vez mais com aquele homem

Nedal merecia viver uma vida melhor, pensava Ibrahim, era uma pessoa muito inteligente, mas tivera que parar de estudar para trabalhar

— A vida não é fácil — dizia Nedal. — Em algum momento, precisa ganhar a vida, não? De algum modo, precisa ganhá-la.

Assim passaram-se os dias

Ibrahim dormia na casa de um velho senhor que alugava quartos,

mas passava o dia todo fora, com Nedal,

conversavam a maior parte do tempo

ou procuravam bicos,

para ganhar alguns trocados,

viviam cada dia, assim, e, em tempos de guerra, essa era a melhor coisa a fazer.

Um dia, Ibrahim e Nedal estavam sentados em um café, jogando xadrez,

quando ouviram vozes exaltadas que subiam cada vez mais de tom

saíram na mesma hora e viram um grupo de soldados discutindo com dois homens, o tom, cada vez mais rude, e as expressões nos rostos de todos, cada vez mais duras e pesadas, em breve estourou uma pequena briga,

os soldados eram quatro, e pareciam todos muito seguros de si, apoiando-se em seus uniformes e com a força que lhes conferia o fuzil,

mas a população parecia muito mais perigosa para Ibrahim,

àquele ponto, Nedal e Ibrahim aproximaram-se mais do centro da briga e ficaram ali, ouvindo os gritos dados por um lado e pelo outro, e ouviram como aqueles soldados chegaram à porta da mesquita para verificar, ao menos foi o que usaram como desculpa, enfim, para verificar se tudo estava tranqüilo, e, obviamente, o pretexto não se sustentava, mas isso não tinha importância, não importava que soldados israelenses não tivessem motivo para entrar em uma mesquita nem que o fizessem com tal descuido e arrogância, não importava porque eles eram os mais fortes, os mais fortes, sempre

e era nisso que Ibrahim pensava enquanto seus olhos se mostravam cada vez mais preocupados

porque aquela gente coitada se resigna sempre, pensava ele,

mesmo quando tem razão

mesmo quando tem razão

ademais, os soldados não se limitaram a parar na soleira da porta, eles chegaram a entrar
com as botas
deixando, sobre o tapete ilibado de oração,
lama e poeira
e elevando a voz, interrompendo e perturbando aqueles que oravam
porque precisavam verificar
assim disseram eles, exatamente assim, que precisavam verificar o quê, perguntava-se Ibrahim, o quê? Mas não ousava falar, a tensão estava no ponto máximo, parecia preencher suas mentes, seus corações
e teria explodido, teria explodido
de uma maneira terrível, eles sabiam, e todos tinham medo, um medo danado
a guerra, pensou Ibrahim,
a porra da guerra,
pensou Ibrahim,
então viu o que sabia que lhe teria dado medo, e foi algo nos olhos de um dos soldados,
o mais confiante, o mais arrogante,
foi o que viu naqueles olhos,
viu que algo havia se desencadeado
como um mecanismo inexorável e brusco,
isso
os olhos daquele soldado diziam
agora chega
chega
as pessoas começavam a gritar, a dizer vão embora, deixem nosso país, nossa pátria, para nós

vão embora
deixem-nos em paz
e não entrem nas nossas mesquitas, e não destruam nossas vidas
e vieram insultos, cuspes,
até o medo, por parte de alguns,
enquanto a tensão aumentava,
foi quando aconteceu
em um instante
um rapaz, devia ter uns 20 anos, um jovem usando um jeans puído e a kefiah em volta do pescoço, deu um passo à frente,
talvez na esperança de ser um herói
de fazer algo de verdade, algo de concreto por seu país
por sua gente
lançou-se para a frente, de repente
cerrou os punhos
talvez pretendendo atingir um soldado
foi um instante quase invisível, ninguém teve tempo de reagir, de fazer nada
exceto o soldado
aquele mais arrogante
que, em um segundo, com um gesto quase mecânico
mecânico
com o gesto de alguém que está acostumado a puxar o fuzil, a atirar
a matar
com o gesto quase mecânico
mecânico

atirou
pareceu que aquele instante fundiu-se em um único momento:
o ímpeto do rapaz, o tiro e o corpo que caía para trás, com um empurrão invisível
e o corpo que caía para trás
caía
e o grito de uma mulher, o grito que perfurou os tímpanos de Ibrahim
parecia que haviam sido perfurados
e, naquele momento, Ibrahim perdeu a audição,
foi apenas por alguns instantes,
alguns instantes
mas pareceram-lhe horas
horas durante as quais viu o sangue jorrar, e o corpo cair com um estrondo, e as pessoas correrem, e os soldados recuarem, agora menos arrogantes, agora menos seguros, agora com a morte no coração
com o hálito fétido da morte que os rodeava
que rodeava a todos
e aquela cena
aquela cena
tão diabolicamente lenta e infinita, e terrível, e tão
tão
tão verdadeira
é, aquela cena pareceu-lhe a coisa mais triste
mais triste
que ele vira desde o dia em que nasceu
a coisa mais triste

aquele sangue jorrar, e o corpo cair com um estrondo, e as pessoas correrem, e os soldados recuarem,

a coisa mais triste

aquele grito de mulher e aquela expressão de terror impressa nos rostos das pessoas, e aquela impotência em massa

a coisa mais triste

e aquele vilarejo, e aquela desolação, e a morte tão próxima de cada um deles, todos os dias, a morte tornara-se já algo comum, a morte assim repentina, e a morte assim inesperada, e a morte assim injusta, e a morte assim próxima, e a morte assim brusca

a coisa mais triste

e aquele mundo, aquela gente e seu país, sua pátria, e sua história, e sua triste história, e seu destino

a coisa mais triste

e todos aqueles pensamentos em um instante, em um único instante, para retornar à cena verdadeira, aquela em que

havia um rapaz estendido no chão, ou melhor, o corpo de um rapaz, o corpo inerme, com o sangue que escorria copiosamente, e os gritos que se tornavam mais intensos, e o ódio que saía do olhar de toda aquela gente

e a dor que, de repente, se apoderou deles, no instante em que, foi um instante, um momento,

Ibrahim percebeu um movimento próximo e virou-se repentinamente, preparado para outra desgraça, com o coração cheio de medo

E viu Nedal, que pegava uma pedra no chão

E jogava com força na direção do soldado que havia atirado, com força

em um gesto que expressava, ao mesmo tempo, todo o ódio, a exasperação e a impotência do homem

e de uma população

E Ibrahim lembrou-se sempre daquele olhar, lembrou-se dele em cada instante de sua vida,

enquanto Nedal pegava a pedra e a lançava

e seus músculos tesos, no esforço do movimento

e o significado daquele gesto

tudo ficou gravado na mente de Ibrahim

e, naquele instante, ele soube que os pesadelos o teriam perseguido por toda a vida

teriam perseguido, inexoráveis

e o teriam feito morrer, morrer

morrer por dentro

Tudo acontecia como se em câmera lenta, os movimentos lentos e precisos

pareciam quase programados, a sensação incômoda de que aquilo que acontecia

já estava decidido, e não havia nada que ele pudesse fazer

que alguém pudesse fazer

para impedir que aquele rapaz morresse, que aquele soldado atirasse, que tudo aquilo acontecesse

Nedal lançou aquela pedra, e o soldado virou-se, fulminante, e conseguiu esquivar-se com uma rapidez desarmante, enquanto a pedra caía no vazio, e dois dos soldados apontaram os fuzis para o céu límpido e puro e atiraram, as pessoas, amedrontadas, recuaram bruscamente, todas procuraram se refugiar atrás de um carro, atrás de qualquer coisa que pudesse protegê-las, então uma mulher saiu e lançou-se na direção do filho, na direção de um corpo inerme estendido no chão, chorando, gritando, soluçando "ebni, ebni!", "meu filho, meu filho!", e no momento em que os soldados a viram jogar-se para a frente, atiraram, todos os quatro

todos os quatro

atiraram, e a mulher foi atingida em quatro pontos diferentes: no ombro esquerdo, na perna direita, no tórax e no pescoço

caiu no chão, e o sangue começou a sair, jorrando, e já não se podia fazer nada para mudar as coisas, tudo aquilo era inevitável

a máquina havia sido ligada

a máquina de guerra

também ali

ali também

uma coragem repentina surgiu em um ponto impreciso do coração de cada um deles, uma coragem extrema, e eis que mãos, braços, eis que todos pegaram pedras, cascalhos,

e, de repente, em uma explosão de gritos, arremessos, lançamentos, tudo se precipitou

Ibrahim pegou-se gritando

como gritou quando encontrou o cadáver de seu pai

Ibrahim odiava aquele grito que saía dos seus meandros mais obscuros e lhe sacudia as vísceras

Odiava aquele grito

porque não era um grito de homem

Não era nem o grito de um combatente, de um guerreiro, de um homem forte

Era o grito de quem se rende à guerra

porque já viu horrores demais,

porque sabe que não conseguirá conviver por muito tempo com a guerra,

que ela já se tornou parte de sua vida

Ibrahim presenciava a guerra desde quando nascera

E a presenciaria até a morte.

Dois dos quatro soldados morreram, foram selvagemente apedrejados, como disse Rabin e como escreveram os cotidianos, mas foi curioso como, ao contrário

ao contrário

isso não foi escrito sobre o rapaz assassinado

e sobre a mãe assassinada

mas se disse apenas que os soldados não tinham começado e que, quando agiram, foi em legítima defesa

Para Ibrahim isso não importava mais,

porque ele já estava acostumado com as mentiras dos jornais e dos inimigos

Ibrahim estava transtornado porque sabia que fora Nedal que levara os outros a começar a lançar as pedras,

fora Nedal que provocara tudo aquilo,

e agora Ibrahim se perguntava se ele também era, de algum modo, responsável,

porque foi ele quem disse a Nedal que a batalha e a violência haviam se tornado as únicas armas contra os israelenses, foi ele quem disse a Nedal que o diálogo já era uma possibilidade remota,

que os acordos de paz haviam se tornado apenas uma utopia

Era ele, então, um assassino?

Ibrahim, você é um assassino? pergunte a ele, pelo amor de Deus, pergunte a ele, é um assassino? você é um assassino? você é um assassino?

Seu pai algum dia teria se orgulhado dele? Ou teria ficado decepcionado?

O episódio do apedrejamento congelou as forças e as razões de cada um deles, parecia que o vilarejo havia ficado imóvel, em um estado de desconcertante apatia, as pessoas não saíam de casa, e não se ouvia uma palavra pelas ruas

Ibrahim passava dias inteiros na cama, sem ver ninguém, recusou-se a ver Nedal por quase uma semana, então, um dia, o velho dono da casa bateu forte na porta, e Ibrahim abriu

Atrás do velho estava Nedal, que entrou correndo e agradeceu ao homem, então a porta se fechou, e Nedal continuou parado, teso, diante de Ibrahim

e começou a falar, a dizer que ele precisava recuperar-se, recuperar-se, porque a vida

— Porque a vida continua, entendeu, Ibrahim? Você não se pode deixar abalar assim! Nem eu queria matá-los, entende, eram homens, e eu os matei, mas, Ibrahim, eles matam a nossa gente. Viu como eles mataram aquele rapaz, viu? Como um cachorro, como um cachorro desgraçado. E viu a mulher? Viu como mataram a mãe dele? Imagine se fosse a sua mãe, Ibrahim, a sua mãe, e aqueles canalhas a tivessem matado daquela maneira. Pelo amor de Deus, Ibrahim, acorda! Acorda! Eles querem matar todo mundo!

— Nedal... Nedal... Nedal... meu Deus, Nedal... todo aquele sangue, aquele sangue. E como gritavam, antes de morrer. Meu Deus, Nedal, como faço para dormir de noite? Nós os matamos, fomos nós... Nedal...

— Ibrahim, por favor, me ouça: é a nossa terra. É a nossa pátria. É nosso sacrossanto dever, você entende? Nós devemos, não podemos, mas devemos lutar, salvar nossos filhos e procurar dar a eles um futuro melhor, não com soldados de merda percorrendo os vilarejos, sujando as mesquitas e brandindo seus fuzis. É o que diz o sagrado Alcorão, Ibrahim. Se não tivéssemos feito aquilo, teríamos cometido um pecado. Alá disse: "Lutem pela sua terra!" E vou lutar, Ibrahim, mesmo à custa da minha vida. Não quero ter uma vida longa e morrer com cem anos sem poder dizer que cumpri meu dever de bom muçulmano, Ibrahim. Você entende, não é? Eu tinha que jogar aquelas pedras. Tinha!

— Nedal... não, deixe-me em paz, deixe-me em paz, vá embora, vá embora, vá embora... Nedal... por favor, deixe-me sozinho, por favor, por favor, por favor. Sozinho. Quero ficar sozinho, por favor, por favor.

— Agora me escute bem. Seja corajoso, Ibrahim! Seja homem! Devemos vencê-los graças à nossa força de vontade! Devemos vencer através da nossa coragem! Da nossa impavidez! Certamente, não com a piedade, a indulgência ou a fraqueza! Você entendeu? Ibrahim, você entendeu? Responda, por favor, diga que está do meu lado! Diga que está do meu lado, que lutaremos e seremos valorosos até exalarmos o último suspiro, até que toda força tenha abandonado nossos corpos, até não podermos servir mais, de forma alguma, a nossa pátria! Ibrahim, diga que está do meu lado, pelo amor de Deus, Ibrahim, abra os olhos, abra, Ibrahim!

— Não... não... eu... por Deus, por Deus, Nedal. Que Deus esteja conosco, que Deus esteja conosco. Nós matamos aquele rapaz e aquela mulher. E todo aquele sangue. Nedal, meu Deus, Nedal...

— Ibrahim, calma! Calma! Eu sei, eu sei que você não agüenta mais, mas entendo, eu também não consigo mais olhar a morte de frente, Ibrahim, também não consigo mais, mas precisamos resistir! Ibrahim, aqueles desgraçados matam nossa gente todos os dias, nossos filhos, nossas mulheres, nossas mães e nossos pais! Ibrahim, você não pode me deixar sozinho! É a nossa luta!

— Nedal... santo céu, Nedal... eu... não sei, Nedal, eu não sou forte, não sou forte, não sou forte... não sou forte como você... não sou forte...

— Sim! Sim, você é! Você é forte, muito forte, eu tenho certeza, é mais forte do que eu! Mais forte do que eu! Mais forte do que eu! Entendeu? Entendeu, entendeu? Responda!

— Eu... eu... eu... s-sim, Nedal, entendi. Eu so-sou forte, forte, forte, sou forte, forte como você, nós iremos derrotá-los... Nedal, eu... eu... sou forte.

— Muito bem, Ibrahim, muito bem, eu sabia que você entenderia. Nós somos os melhores, eu sabia, nós somos os melhores. Nós vamos vencer, nós vamos dedicar nossas vidas a essa guerra e vamos vencer, está bem?

— S-sim, Nedal. Eu entendi.

— Diga que não vai me abandonar nunca e vai estar sempre do meu lado, em cada coisa que eu faça, e vai lutar comigo, e lutaremos até a morte. Diga, Ibrahim, prometa!

— Sim, Nedal... sim... eu... eu pro-prometo que não vou abandonar você... nunca... que vou estar do seu lado, do seu lado sempre, e que vou lutar com você... e...

— Prometa, prometa, Ibrahim!

— E... e... vamos lutar... lutar até morte.

Dois anos se foram. Ibrahim e Nedal passaram o tempo todo juntos, e sua amizade ficou mais forte.

Naquele ano, 1995, aconteceu uma reviravolta decisiva na vida de Nedal, a qual mudou, de alguma forma, também a vida de Ibrahim.

Certo dia, chegaram ao vilarejo cerca de trinta refugiados palestinos que tiveram de deixar suas casas porque os israelenses haviam decidido que seu povoado era a sede de um grupo terrorista. Desse modo, suas casas foram demolidas, e o povoado tornou-se uma base israelense.

Aquelas pessoas não tinham para onde ir, e a solidariedade com elas foi impressionante

impressionante, pois ninguém se recusou a receber na própria casa uma das famílias, ao contrário, todos se dispuseram a compartilhar aqueles momentos de dor com pessoas de menos sorte.

Nedal recebeu em sua casa dois irmãos, um rapaz e uma moça chamados Jihad e Riham.

Ele era um garoto de porte mediano, cabelos claros e olhos acinzentados, sempre pronto a sorrir, com uma alegria insólita e risadas freqüentes

Era um sujeito simpático e dado, e distraiu Ibrahim e Nedal da guerra por algum tempo, pois não parecia marcado pela guerra, como eles eram, não parecia instável ou inseguro, e, em seu olhar, não havia dor

Então, Ibrahim pensou em duas possibilidades:

ou ainda não tinha visto os horrores da guerra, a morte, a destruição, o ódio

ou era um homem de grande capacidade de reação, uma daquelas pessoas que sabiam captar o lado positivo das coisas,

porque pensava que nada está perdido quando se tem ainda força para sorrir,

e era preciso encontrar sempre essa força, e quem consegue é mais forte do que aqueles que, ao contrário, lutam

e vivem uma vida de ódio e rancor

como acha que os inimigos irão reagir se virem que, apesar da dor, das perdas, do horror da guerra, como acha que irão reagir se virem que, apesar de tudo isso, ainda temos força e coragem para rir?

Rir é coisa de gente forte, não de gente fraca

e a felicidade é nossa tábua de salvação

assim falava sempre Jihad

era um rapaz otimista e cheio de vida, e tanto Ibrahim quanto Nedal tinham muito que aprender com ele

ainda que tivesse apenas 19 anos

Riham, em compensação, tinha 21 anos, os mesmos olhos acinzentados e penetrantes do irmão, o porte esguio, os cabelos compridos e lindos, pois não usava o hijab, e um sorriso muito doce, que desenhava duas covinhas em suas bochechas,

não era o mesmo sorriso alegre de Jihad, talvez porque fosse mais velha, mais madura, talvez porque fosse mais consciente da guerra,

no entanto, também era uma moça espontânea, por nada tímida ou retraída,

e cuidava do irmão com muito amor e um senso de responsabilidade quase exagerado para uma moça daquela idade

Às vezes, Ibrahim sentia-se desconfortável ao vê-la daquele jeito, tão dedicada ao irmão, tão ansiosa e preocupada

ainda que se pudesse explicar sem maiores dificuldades a razão daquela ligação tão profunda

quando lhe tiram tudo, a casa, o trabalho, a família, uma vida normal,

quando isso acontece, você se agarra à única pessoa que lhe resta, como a uma tábua de salvação,

enche-a de amor,

de todo o amor que queria dar a pessoas que, naquele momento,

não existem mais.

A família de Jihad e Riham, os pais, os gêmeos de quatro meses, fora toda exterminada quando eles ainda eram crianças,

naquele dia, os tanques entraram em seu vilarejo, e os soldados atiraram em todas as pessoas que encontraram: mulheres, idosos, crianças,

entraram em todas as casas, atearam fogo em algumas, com as famílias ainda dentro,

em outras, estupraram as mulheres, roubaram o dinheiro e destruíram tudo que havia,

bateram nos idosos

e quebraram os ossos das crianças, mas sem matálas, para que as pessoas pudessem conviver por muito tempo com meninos, com jovens que cresciam inválidos

e que seriam um peso para as famílias

para que as pessoas chegassem a odiar aquelas crianças, aqueles jovens, que um dia não poderiam nem defender a própria família lutando a Intifada

que um dia não poderiam lutar como homens

quebraram os ossos das crianças e destruíram tudo

Quando os rapazes e os homens começaram a se rebelar, os outros precisaram recuar, e não puderam atacar os asilos e escolas

porque o teriam feito

o teriam feito

se ao menos tivessem a oportunidade.

Riham e Jihad estavam na escola

e, quando ouviram os tiros, todas as crianças começaram a gritar,

a gritar,

e as professoras gritaram e se jogaram debaixo do banco

todos no chão, gritando, aterrorizados,

com o medo a paralisá-los,

muitas crianças desmaiaram de terror,

algumas começaram a chorar,

Riham estava com os olhos fechados e tremia, mas não por causa dos tiros,

e sim por seu irmão

perguntava-se se o irmão, em sua sala de aula,

estava seguro

distante dela, distante

enquanto sua mãe lhe dizia todos os dias, antes de ela sair para a escola, que tomasse conta do irmão

que tomasse conta

que estivesse ao lado dele se acontecesse alguma coisa

Riham não conseguia tirar aquelas recomendações da cabeça

e sentia-se uma péssima irmã, por não ter cumprido seu dever.

Após quase duas horas de confusão e medo, as professoras começaram a sair das salas, da escola, as crianças não sabiam o que fazer

Algumas crianças resolveram sair e voltar para casa, para suas famílias

e foram esses desventurados que, tendo sido encontrados pelos soldados, apanharam

E como os soldados não tinham tempo de bater até tirar-lhes sangue às vezes se limitavam a quebrar-lhes os pulsos, para impedir que lhes jogassem pedras

pelo resto da vida

para impedir que se defendessem dos próprios inimigos.

Riham e a irmã de Nedal, Engy, logo se tornaram muito amigas.

Tinham aproximadamente a mesma idade e passavam o dia inteiro conversando e cozinhando

enquanto Ibrahim, Nedal e Jihad gastavam seu tempo fora de casa, nos cafés ou pelas ruas, nas mesquitas, entre os grupos de jovens que se organizavam para criar pequenas milícias

que fossem capazes de defender os moradores do vilarejo

Os dias se passavam lenta e infinitamente,

a vida continuava,

mesmo com a dor e mesmo com a raiva

continuava

Ibrahim percebeu que Nedal demonstrava muito interesse por Riham, estavam sempre juntos, conversavam, sorriam um para o outro e pareciam ter uma ligação só deles

Os olhos de Nedal se iluminavam quando Riham entrava em um cômodo, e, quando ela não estava

ele falava sempre dela

Uma noite, Nedal teve um pesadelo

Via gritos e pessoas cuspindo

nos soldados
e as pessoas que jogavam pedras, jogavam pedras,
e continuavam, mesmo com os músculos dos braços doloridos e o corpo cansado,
continuavam, compenetrados
mas a coisa mais estranha era que, quanto mais pedras jogavam
maior era o número de soldados
a um, acrescentava-se outro
e outro, e mais outro
e parecia que aumentariam infinitamente,
todos com os uniformes limpos e passados, de metralhadora na mão,
com o olhar ameaçador
Quando Nedal compreendeu que o único modo de deter aquela multiplicação infinita
era parar de jogar pedras
deixou cair a pedra que tinha na mão
e jogou-se contra seu próprio povo, gritando, implorando que parassem
mas era inútil, inútil
eles continuavam, pareciam surdos e cegos
como robôs
Nedal começou a gritar e chorar, tamanha a frustração, e então procurou Ibrahim,
mas não o encontrava,
não o encontrava
Quando o encontrou, seu grito foi tão profundo que abriu o céu

Ibrahim estava caído no chão, com o sangue que lhe manchava o rosto, e estava
morto.

Nedal acordou de sobressalto, suado e ofegante
Permaneceu imóvel até que sua respiração não se regularizou,
então afastou as cobertas e saiu da cama,
foi ao banheiro lavar o rosto e olhou-se no espelho
tinha o rosto tenso, olheiras, a pele pálida
parecia fraco e doente
— O que me reduziu a isto? — perguntou-se —
Antes, eu não vivia tranqüilo e em paz?
Onde foi parar aquele Nedal?
Uma vozinha lá no fundo lhe respondia, uma vozinha insistente, como um barulho incômodo,
porque ele sabia a resposta,
mas não era a que Nedal queria, e por isso mandou-a lá para dentro de novo
e saiu do banheiro
naquele momento, sentiu-se sufocar,
e pegou o maço de cigarros e saiu
Naquela noite, só se via a Lua no céu,
as estrelas estavam cobertas por nuvens espectrais,
o ar estava fresco e sentia-se apenas
silêncio e paz
Nedal viu uma pessoa ao longe, que se aproximava cada vez mais

Desceu os degraus e foi ao seu encontro, e descobriu que era uma mulher

Quando a luz da Lua iluminou seu rosto

viu que era Riham,

vestia um moletom e uma calça larga de brim

tinha as mãos cruzadas no peito e os cabelos presos

Para Nedal, nunca estivera tão bonita

Ele falou com ela antes de ver bem seu rosto, de olhá-la bem nos olhos

— Riham, o que faz aqui?

— Não conseguia dormir, Nedal... Às vezes acontece.

— Eu também não, sabe? Tive um sonho horrível e me senti sufocado, precisei sair e tomar um pouco de ar.

— Ou um pouco de nicotina.

— Bem, o pesadelo me deixou inquieto, precisei fumar para relaxar, sabe? O cigarro me relaxa. Sei que faz mal, mas já fumo desde os 13 anos. Mas... você estava chorando?

— NÃO! Quer dizer... não. Não estava chorando, deve ter entrado alguma coisa nos meus olhos, mas não se preocupe. Não é nada de importante, de verdade. Viu que Lua linda esta noite? Pena que não se vejam as estrelas. Eu gosto muito das estrelas.

— Riham, por favor, diga a verdade: você não confia em mim, não é? É, é, é sim: você não confia em mim. Mas por quê? Eu... eu acho que... enfim, que... quer dizer, que... gosto... eu acho que gosto de você.

— Eu não estava chorando, Nedal, de verdade. Não se preocupe, não é nada, eu...

— Riham... Riham, você me parece tão sozinha, tão impotente. Toda... toda vez que eu a vejo, dentro de mim cresce essa necessidade de proteger você. Não sei por que razão, mas, enfim, vê-la chorar me faz sofrer e me dá uma dor inexplicável no coração. Quero que você seja feliz, Riham. Eu... por favor, não chore... Meu Deus, o que foi que eu disse? Fiz alguma coisa errada? Não, Riham, não chore, por favor... Ah, céus, eu... eu não quero que você sofra. Riham, por favor, Riham, olhe-me nos olhos. Faça isso, Riham, levante seus maravilhosos olhos e olhe para mim. Olhe-me nos olhos. Não quero que você sofra. Por que está chorando? Por favor, Riham. Por que está chorando?

— Ah, Nedal... Nedal... Céus, Nedal, eu... eu... não estou chorando... não... é só...

— Riham, por que não me diz o que você tem? Que dor você carrega no coração? Por que não desabafa comigo? Talvez por não confiar em mim?

— Nedal, não. Eu confio em você... você... você... Enfim, quando fala comigo, eu sinto você tão próximo, tão próximo, e... Ah, Nedal, eu choro porque tenho medo por Jihad. Tenho medo que a guerra o leve embora. Ele é a única coisa que me resta, agora. Eu não tenho família desde os oito anos. Ou melhor, minha família é ele. Não posso pensar na idéia de perdê-lo. Não posso nem pensar. Ele é a minha vida, e você pode achar absurdo, mas, quando eu ia para a escola, quando pequena, minha mãe sempre dizia para tomar conta dele, para protegê-lo, para nunca o deixar sozinho. E é isso, eu vejo minha mãe me dizendo essas coisas até hoje, até hoje, e ela me pede para cuidar de Jihad, para não deixar que nada aconteça a ele. Nedal, se acontecesse alguma coisa a ele, eu não morreria apenas de dor, mas quebraria a promessa que fiz à minha mãe. Eu só tenho dois anos a mais do que ele, mas vejo-o como um menino. Sempre o vi assim. Você também o vê assim, Nedal. O entusiasmo que tem pela vida, sua ingenuidade. Ele tem apenas 19 anos. Tenho medo de perdê-lo...

— Ah, Riham... eu... Deus, como entendo suas palavras. Sou o único homem que restou. Meu pai está na Síria há anos, e minha mãe e irmã contam comigo. Eu me sinto responsável por elas, mas também tenho um medo enorme de perdê-las...

— Esta guerra é nossa praga. Ela perseguiu nossos pais, agora persegue a nós e irá perseguir nossos filhos. Não há como impedir toda essa violência? Santo Deus, não há como deter os pecadores, os judeus? Estão nos matando a todos, por quê? Por que o resto do mundo não faz nada? Por que os outros países não fazem nada? Se tentassem impedir esta carnificina... se... Por que não nos ajudam? Por que ficam parados, olhando, Nedal?

— Porque eles são nossos carrascos, Riham. Eles, como os israelenses. Nós estamos sozinhos nessa batalha, nessa guerra. Somos um povo sem paz, Riham, mas teremos nossa paz ao lado de Alá. Os que agora estão olhando não estarão tranqüilos no dia em que forem julgados. É meu único consolo. O Senhor está do nosso lado.

— Nedal, acho que você é um grande homem. Eu o admiro muito, Nedal... obrigada.

— E eu... admiro você Riham. Eu gosto de você.
— Eu também, Nedal. Eu também.

Um ano se passou sem que nada especial acontecesse no vilarejo ou perturbasse sua relativa paz, e, naquele ano, as relações entre Nedal, Ibrahim, Riham e Jihad se tornaram ainda mais fortes,

eles se tornaram quase irmãos, cada um confiava no outro sem reservas

Certa manhã, enquanto os homens estavam na sala conversando, e as mulheres, na cozinha, preparando a refeição, ouviram-se golpes e gritos

e Ibrahim correu para fora com Nedal, e viram as pessoas correndo, gritando,

assustadas, sem saber exatamente aonde estavam indo,

Ibrahim tentou parar um rapaz que conhecia bem, mas ele continuou correndo

Nedal correu para a rua principal e entendeu o motivo de tanto terror:

tanques estavam chegando.

Os tanques eram sinal de ocupação,

e ocupação queria dizer morte, dor,

queria dizer que muitos seriam mortos, e poucos sobreviveriam

Ibrahim viu uma menina nos braços de uma mulher, com os olhos fechados, que não parava de gritar,

pegava todo o ar que tinha em seu corpo

e gritava,

gritava

Era um grito agudo, que partia seu coração, e ver aquela expressão de puro terror

fazia-lhe mal,

tanto que ele ficou imóvel até que Nedal o sacudiu violentamente e voltou para casa correndo.

Ibrahim o seguiu e, por um instante, foi o caos

Mandaram os outros saírem, rápido, pois os tanques estavam chegando

Como se não tivesse entendido a gravidade da situação, a mãe de Nedal começou a colocar comida em uma mochila

O filho precisou lhe tirar a mochila da mão e mandá-la sair rápido

Alguns instantes depois, Jihad, Riham, Ibrahim, Nedal, Engy e a mãe corriam com os outros, como os outros, sem saber exatamente para onde,

o que importava era correr e pronto,

para se salvar

Quando ouviram tiros atrás, entenderam que os israelenses haviam começado a bombardear as casas, e uma lágrima escorreu pelo rosto da mãe de Nedal, que não tinha mais forças para correr

e parou,

Nedal e Engy puseram-se a gritar para que ela se apressasse, para que corresse, mas a mulher não conseguia,

e um soldado com a metralhadora em punho quase os alcançou, ainda que parecesse que, naquele momento, ele não tinha intenção de atirar

Imploravam, imploravam que ela continuasse,

mas ela dizia que aquela era sua terra, que era sua casa, que ali nascera

e ali morreria,

virou-se para o soldado e gritou que eles eram apenas assassinos e que haviam destruído a vida de toda uma população, que eram pecadores, que deviam ter coração e deixá-los em paz, deixá-los viver nas poucas casas que ainda restavam

Então cometeu o erro de gritar:

— Mas onde está sua mãe agora? Gostaria que eu mandasse meu filho até ela, com a metralhadora em punho? Gostaria de ver meu filho expulsá-la de casa e ameaçá-la?

E continuou, e o soldado apontou a metralhadora para ela e, em um instante tão fulminante que ninguém teve tempo de dar-se conta, atirou

A mãe de Nedal caiu no chão, e o grito dele, um grito que não tinha nada de humano, aterrorizou a todos,

talvez ainda mais do que os tiros de metralhadora

Engy jogou-se no chão, gritando, para socorrer a mãe, Nedal partiu para cima do soldado e conseguiu arremessar sua arma longe, Ibrahim e Jihad o ajudaram a bater no soldado, que caiu no chão, atingido por chutes, socos e unhadas

Antes mesmo que se dessem conta de que estavam matando o soldado

viram os companheiros dele correrem em sua direção

e puseram-se a fugir, mas Engy não queria deixar o corpo da mãe:

— Ela está morta, está morta — dizia-lhe Jihad.

— Não há mais o que fazer — dizia Riham.

— Corre, Engy, vem, corre — pedia Nedal, puxando-a por um braço.

Mas ela gritou, gritou, pois estava transtornada e não entendia que ficar ali significaria a morte

Dois soldados atiraram e acertaram,

um atingiu Engy, o outro, Nedal,

Ibrahim, aos gritos, correu na direção de Nedal e o colocou nos ombros

Jihad, por sua vez, pegou Engy,

e recomeçaram a correr, com Riham à frente, exausta e transtornada, gritando, ofegante, alternando rompantes de lucidez com momentos de pura loucura

com gritos de pânico

o drama do momento parecia tomar conta deles, sem deixar-lhes possibilidade de saída,

estavam aterrorizados

aterrorizados

As balas passavam ao lado, quase os tocando, errando por poucos centímetros, e eles viram a morte de perto, quase parecendo que, ao final do caminho, não havia salvação

não havia salvação

mas morte,

a morte

terrível e impiedosa,

e eles a temiam,

a temiam

e sabiam que eram tão jovens,

maldição, tão infernalmente jovens,
e sabiam que tinham direito de viver,
e pode parecer absurdo, mas, naquele momento, Ibrahim pensava,
enquanto corria, mancando e com os pés doloridos,
enquanto o corpo de Nedal tornava-se cada vez mais pesado,
pensava que era injusto,
que ele ainda era jovem para morrer,
que ainda devia fazer tantas coisas,
ver tanta gente,
devia tornar-se homem
como desejava sua mãe, não podia morrer
não ainda
antes, devia tornar-se o homem que fora seu pai
não era justo que não lhe dessem ao menos a possibilidade de tentar,
não era justo,
e não era justo que aqueles soldados o seguissem para matá-lo,
matá-lo,
por quê, diabos, por quê?
O que ele fizera àqueles soldados?
O que fizera para merecer a morte?
E, enquanto pensava, era absurdo que tivesse tempo para pensar em uma situação daquelas,
absurdo,
talvez fosse uma maneira de não se deixar tomar pelo medo,

enquanto pensava, percebeu, à sua frente, a salvação:

um caminhão cheio de gente, estava indo embora, desgraça, tinha que conseguir,

começaram a gritar:

esperem por nós,

esperem por nós

mas soldados os seguiam

e o motorista preferiu não correr o risco de que o caminhão fosse atingido,

assim, partiu, com as mãos tremendo, com pressa,

os soldados estavam chegando, precisava apressar-se,

mesmo que seu coração chorasse

chorasse

por deixar aqueles meninos que corriam e gritavam, gritavam, pedindo que os esperasse

mas ele não podia arriscar sua vida e a de quem estava no caminhão

e partiu

partiu.

Por um instante, Ibrahim pensou em jogar-se no chão, viu-se jogado no chão

de todo modo, acabou

acabou

a morte havia chegado para eles também

mas

mas no momento em que já se entregava à morte

uma miragem apareceu diante de seus olhos: era um segundo caminhão,

era o último a transportar pessoas do vilarejo,

os soldados pararam de atirar nos rapazes e miraram o caminhão

foi uma loucura, mas o motorista não deu partida, ao contrário, debruçou-se na janela e gritou:

— Meninos, corram! Corram!

E Ibrahim, que momentos antes só via a morte,

entendeu que precisava conseguir,

que precisavam conseguir, e correu, olhou à sua direita e viu Riham correndo, muito ofegante, o rosto corado e a dor nos olhos,

olhou à sua esquerda e viu Jihad, com Engy nos ombros, a expressão imperturbável, o olhar sério e assustado,

e o caminhão estava a poucos passos deles, só mais um esforço

só mais um esforço

e Riham, com um salto, subiu no caminhão

então foi a vez de Jihad

e Ibrahim estava para pular

quando ouviu um zumbido e sentiu uma pontada repentina no braço, a dor o fez gritar,

mas segurou com firmeza o corpo de Nedal nos ombros,

também pulou

e subiu no caminhão

subiu no caminhão.

Subiu no caminhão.

No mesmo instante em que subiu no caminhão, ao lado de Jihad, Ibrahim desmaiou.

A dor que havia sentido no braço era uma bala que lhe perfurara a pele.

A bala ficara dentro, e o braço continuava sangrando.

Ele voltou a si após alguns instantes, sacudido por Jihad, que, chorando, disse-lhe:

— Engy não está mais respirando. Por Deus, ajude-me, Ibrahim, Engy não está mais respirando

Ibrahim só sentia uma dor atroz no braço, mas não ousava dizer,

quando soube de Engy, esqueceu o braço

e, tomado pelo pânico, apertou o pulso da amiga

e sua resposta foi uma lágrima rolando para baixo, ao longo dos sulcos ásperos de suas bochechas,

foi a expressão de ódio que apareceu em seus olhos, seus traços endureceram, os maxilares se contraíram, e finalmente sussurrou, olhando bem nos olhos de Jihad, olhando-o bem nos olhos,

está morta

está morta.

Jihad escondeu o rosto nos cabelos de Engy, enquanto os soluços o sacudiam, e movimentos violentos faziam vibrar sua espinha

Riham, à sua frente, tinha os olhos fechados, estava em estado de choque e não se dava conta do que estava acontecendo,

fitava o sangue e o corpo de Engy

mas sem respirar

sem dizer nada

Jihad gritou para o motorista que havia feridos, pedindo que fosse ao hospital mais próximo

No entanto, Ibrahim já havia deitado Nedal e verificava sua ferida, na altura da perna

Nedal havia perdido os sentidos

mas Ibrahim entendeu que ele sobreviveria

se conseguissem estancar a hemorragia

Quando pensou no corpo da mãe de Nedal, estendido no chão, abandonado ali,

com o sangue escorrendo copiosamente,

um nó lhe obstruiu a garganta,

as lágrimas ameaçaram tomar conta, e ele começou

a respirar profundamente, procurando se acalmar

quando tornou a olhar para Riham, percebeu que ela continuava ofegante e que mantinha os olhos fechados

Ibrahim chamou Jihad:

— Por Deus, Jihad, olhe a sua irmã, ela tem alguma coisa, Jihad.

E Jihad, com os olhos brilhantes, pôs-se a chorar sobre o corpo de Engy, e procurou, com os olhos,

os olhos da irmã,

quando a viu ofegante

disse

— Ah, céus, Ibrahim, Riham tem asma. Meu Deus, Ibrahim, temos de levá-la ao hospital imediatamente. Ibrahim, faça alguma coisa.

E o terrível

terrível

era que Ibrahim, na verdade, não podia fazer nada

nada

como não pudera fazer nada pela mãe e a irmã de Nedal

como não pudera fazer nada pelo próprio pai

como não pudera fazer nada por todos os mortos daquela guerra

e como nunca poderia fazer nada,

senão olhar.

Após cerca de dez minutos, os dez minutos mais longos da vida de Ibrahim,

o caminhão parou, as pessoas que estavam dentro, que durante a viagem permaneceram imóveis, em silêncio,

começaram a descer, ninguém olhava no rosto de ninguém,

Ibrahim precipitou-se para baixo, segurando com dificuldade o corpo de Nedal, e Jihad levou o de Engy,

Riham os seguiu, apática

O motorista desceu rapidamente do caminhão, embora fosse, como logo notou Ibrahim, um homem grande e gordo, com músculos fortes

andou na direção de Ibrahim e pegou Nedal sem nenhum esforço, e disse-lhes:

— Acompanhem-me, temos que andar rápido

Entrou no hospital e percorreu alguns corredores

o hospital estava um caos, as enfermeiras corriam para lá e para cá,

ouviam-se gritos incessantes, eram mulheres que perdiam filhos, maridos, parentes

O homem parou em frente a uma porta e entrou, sem bater, e dentro havia um rapaz.

— Ramy — disse o motorista —, ande logo, são casos graves.

O rapaz, Ramy, desapareceu atrás de uma porta e, quando voltou, havia dois médicos com ele

Pegaram Engy, constataram a morte e cobriram-na com uma lona

Levaram Nedal imediatamente para a sala de cirurgia, Jihad segurava com força Riham, ainda em meio à crise de asma

Uma médica cuidou dela, enquanto um médico, assistido pelo rapaz Ramy, examinava o braço de Ibrahim e lhe explicava

que, antes de tudo, era preciso estancar a hemorragia,

e que se devia proceder à extração da bala, que seria doloroso

mas que demoraria pouco tempo

Ibrahim, como que em transe, fitou o enfermeiro: Ramy era pelo menos tão baixo e magro quanto o motorista do caminhão era alto e forte, tinha cabelos pretos ralos e um rosto doce, o ar simpático, no pescoço usava um colar com uma grossa cruz de prata, evidentemente, era cristão.

Ibrahim gostou dele logo no primeiro instante, pelo menos tanto quanto havia gostado do motorista, que chamou com um aceno, enquanto cuidavam de seu braço. Disse que lhe seria eternamente agradecido, pois ele lhes salvara a vida, e que Alá o recompensaria, então perguntou seu nome e soube que se chamava Mohammad, e agradeceu mais uma vez, antes que as lágrimas e a dor voltassem a dominá-lo.

— É impressionante, Ramy, você não sabe o que esses meninos passaram. Eu não agüento mais, não agüento mais ver essa guerra matando o meu povo, Ramy, quero fazer alguma coisa. Não podemos ficar aqui, parados, enquanto matam todos.

— Mohammad, eu sei. Cenas como essas, eu vejo todos os dias, no hospital, e depois, quando volto para casa, porque minhas noites são povoadas de pesadelos Esses israelenses são animais, animais, deveriam morrer todos. Eles não têm nenhuma piedade de nós. Mas, Mohammad, não podemos perder o bom senso, nem a dor pode nos fazer perder a cabeça. Temos de derrotá-los controlando a nós mesmos. Veja Arafat, que não pode fazer nada: ele diz uma coisa, e o povo faz outra. Com os atentados e os bombardeios, nunca teremos paz.

— Eu não quero saber de paz, a paz é impossível! Pelo amor de Deus, o que você acha, que eles por acaso querem nos dar algum pedaço de terra? Eles querem nos exterminar a todos, essa é a verdade. Por isso, lamento por Arafat, mas preciso fazer alguma coisa. Os judeus estão tranqüilos, nas casas deles, e nós estamos com hospitais cheios de gente morrendo, vilarejos que são queimados, velhos que apanham e mulheres estupradas. Não podemos deixar que continue assim! Ouça, Ramy, eu já decidi. Preciso fazer alguma coisa! Você está comigo ou não posso contar com sua ajuda?

— Mohammad, é claro que pode contar com a minha ajuda, sempre!

— Você é um amigo, Ramy. Nossa mãe, você precisava estar lá quando peguei aqueles pobres garotos.

Eram os últimos que restavam no vilarejo, todos tinham subido, mas o outro caminhão, do Semi, não parou para esperá-los. Quer dizer, não podia, não vamos culpar Semi por isso. No fundo, ele teria colocado em risco todos os passageiros do caminhão, entende? Era arriscado demais. Mas quando um deles levantou os olhos, aquele que se chama Ibrahim, isso, quando ele levantou os olhos, vi neles todo o desespero, o medo, toda a impotência por causa desta guerra. Revi todos os irmãos palestinos e não consegui ir embora. Aquilo teria ficado em minha consciência para sempre, me atormentado em cada momento da minha vida. Tudo bem, esburacaram todo o caminhão e, por pouco, não acertaram as rodas, mas, no final das contas, aqueles cinco subiram, entende? E, depois, uma morreu. Deus, como eu lamento. Uma menina jovem. Mas não havia mais o que fazer. E outra ainda está em estado de choque, outro continua chorando. Um, acho que se chama Nedal, está sendo operado. Deus, acho que não agüentarei fazer o trajeto entre os vilarejos e o hospital por muito tempo.

— Mas, Mohammad, você está fazendo uma coisa grandiosa, está ajudando um monte de gente, gente que vê a morte de frente, como hoje. Como você pode pensar em parar?

— Chegam mortos todos os dias, Ramy, mortos em cima de mortos. São tantos, tantos, e depois vemos os familiares, chorando e gritando, e o sangue. E, Ramy, o sangue não sai mais do meu caminhão. Entende? Tenho pesadelos todas as noites, sinto-me morrer no instante em que vejo aqueles olhos fechados, aqueles rostos pálidos e... Por que fazem isso conosco? Aquele é um povo maldito, eu estou dizendo, Ramy, é um povo maldito: sofreram muito, mas agora nos fazem pagar pelo que aconteceu a eles. Quero dizer, foram perseguidos por muito tempo, por que não procuram um pouco de paz, agora? Por que continuam a manchar as mãos de sangue?

— Não sei, Mohammad, não sei. O Senhor lhes dará o castigo justo. Dará o castigo justo. Eu perdi a família nessa guerra. Não tenho mais nada a perder. Já vi de tudo, desde que nasci. Vi projéteis estraçalharem as vidraças da igreja do meu bairro, enquanto estávamos na missa, vi fiéis jogarem-se no chão e gritarem, aterrorizados. Vi os degraus de uma escola primária banhados de sangue e os quadros-negros manchados, as cerâmicas do chão, de onde o sangue não sairá mais. Vi soldados de vinte anos surrarem os velhos rindo entre si, e vi... Deus, ontem aconteceu uma coisa horrível comigo...

— Ramy, o quê?

— Eu estava vindo para o hospital, estava no táxi, e, na nossa frente, havia uma ambulância. De repente, soldados israelenses pararam o trânsito, formaram um bloqueio e começaram a verificar os documentos... você imagina? Um a um... procuravam terroristas, diziam, e o tempo passava, o motorista do táxi estava furioso, da ambulância, sai um grito, eu logo me assusto e desço do táxi, vou ver o que é, e o motorista da ambulância, um cara jovem, me diz que está levando uma mulher grávida. Estava com contrações, entende, e precisava ir ao hospital para dar à luz. Corri na direção dos soldados e implorei que nos deixassem passar. Disse-lhes que havia uma mulher grávida, que precisava dar à luz e estava morrendo de dor. E sabe o que o motorista me respondeu, diabos, sabe o que me respondeu? Ele me disse "que morra". Assim mesmo me disse, com aquele olhar frio, aquela distância, aquela indiferença. "Que morra." Corri até a mulher, dentro havia duas enfermeiras que a mandavam respirar longa e controladamente, mas ela gritava, estava sentindo muita dor. Pedia que a levássemos ao hospital, que andássemos logo, pois não agüentava mais, mas nenhum de nós podia levá-la ao hospital. Nenhum de nós. E isso me fez morrer. Como era possível que nenhum de nós pudesse fazer nada? Os soldados eram seis ou sete, nós éramos um bando de motoristas enfurecidos, mas não podíamos fazer nada...

— O que aconteceu com a mulher? O que aconteceu com ela, Ramy?

— Santo céu, Mohammad, ela resistiu por uma hora, gritando e chorando. Depois, começou a perder sangue, muito sangue, e morreu de hemorragia. Morreu. E o bebê também morreu. Morreu. E eu não pude fazer nada, enquanto a mulher apertava minha mão, desesperada, e me lançava um olhar suplicante. "Leve-me para o hospital", dizia, e eu... eu não a levei.

— Ramy, deve ter sido horrível. Não consigo acreditar que aqueles desgraçados sempre se dêem bem assim. Param o trânsito quando bem entendem e fazem morrer uma mulher grávida. Que desgraçados. Eles vão pagar por isso.

— Deixei de acreditar em um futuro para nós, palestinos. Talvez nos matem a to...

— Desculpem, desculpem, eu... eu... queria saber... Onde está Nedal?

— Ah, você melhorou! Oi, eu sou Mohammad, o motorista do caminhão. Estou feliz de ver que está melhor.

— Nedal... Onde está Nedal? E a irmã dele, Engy? Onde estão? Onde colocaram meus amigos? E meu irmão, meu irmão Jihad, e Ibrahim?

— Calma, calma. Antes de mais nada, como você se chama?

— Riham. Eu me chamo Riham.

— Então, Ibrahim e Jihad estão naquele quarto. Jihad está muito bem, Ibrahim tem apenas uma ferida no braço. Eles o estão medicando, mas não se preocupe.

— E Engy? Onde está? Como está?

— Bem... Ramy, Engy, onde... Ramy, conte você que... Isso...

— Quem é Engy, sua irmã?

— Não, é uma amiga minha. Mas onde ela está? E onde está Nedal? Estão bem, não é? Estão vivos? Por favor. O senhor ou seu amigo, digam-me onde estão Nedal e Engy. Como estão...

— Bem, Nedal está na sala de cirurgia, mas Engy... bem, Engy... por ela, não havia nada a fazer, perdeu sangue demais e, quando chegou aqui, já estava... já estava...

— Morta? Morta? Meu Deus, Engy! Engy... Ah, meu Deus, Engy!

— Mohammad, segure-a. Deve ter desmaiado. Que idiota que sou. Ajude-me, vamos levá-la para o quarto.

— Santo Deus! Ramy, não devíamos ter contado a ela. Vamos logo, vamos levá-la para o quarto, temos que fazê-la voltar a si. Isso, assim. Cuidado com a porta. Devagar... devagar, cuidado. Isso.

— Traga um copo d'água, sedativos. Ela irá acordar em um estado de confusão e provavelmente terá uma crise de histeria. Ajude-me.

— Está bem, Ramy, mas fique do lado dela. Eu volto já.

— Coitada, veja como está. Só Deus sabe pelo que passou. Como eu queria poder ajudá-la, Riham, e dizer que Engy ainda está viva e bem! Como eu queria poder fazer isso. Mas não posso... não posso...

— Cheguei, Ramy! Vamos levantá-la. Isso, assim, sacuda e...

— Aaaah! Engy! Allahu akbar! Engy, Nedal. Allahu akbar! Por quê? Por quê? Por favor, digam que ainda está viva! Digam que ela está bem! Por favor! Não pode ser verdade, não pode estar morta! Por favor, salvem-na, salvem-na! Aaaaah, por quê? Deus, Deus...

— Segure-a, Mohammad. Calma, Riham, calma.

— Não, não... me soltem... quero morrer! Quero morrer! Não, me soltem, me soltem...

— Mantenha-a parada. Isso, segure-a. Calma, agora vou aplicar...

— Não! Soltem-me! Quero morrer! Quero morrer! Aaaah!

— Está com o diabo no corpo! Segure-a. Assim... Calma, Riham... Está tudo bem, calma.

— Isso, Riham, não se preocupe. Vamos, está tudo bem, está tudo bem, bem...

— Ufa, ela dormiu. Nossa mãe, estava enlouquecida. Deve ter sido um choque...

— A morte é sempre um choque, Mohammad. Mesmo quando a vemos todos os dias...

— Quando acordar, terá uma dor de cabeça atroz e um coração de pedra. Que pena eu sinto dela, Ramy.

Ibrahim estava transtornado

transtornado

observava com rancor as pessoas que cuidavam dele, como se fossem responsáveis por todas as suas desgraças; alternava momentos de confusão e de dor

com momentos de impiedosa lucidez

durante os quais perguntava pelos amigos

e ouvia, a cada vez, respostas que diziam que estavam todos bem

ainda que soubesse que Engy estava morta

e que eles estavam mentindo

mentindo

em dado momento, irritou-se e começou a gritar

queria saber a verdade, a verdade

e explicaram-lhe que uma das duas mulheres chegara ao hospital morta

e outra estava em estado de choque, ainda que não tivesse nenhum sinal de ferimento e não apresentava nenhuma lesão

dos dois homens, um estava ileso, enquanto o outro tinha acabado de sair da cirurgia

mas não se podia dizer se conseguiria sobreviver

Ibrahim registrou essas informações sem reagir

ou, pelo menos, foi a impressão que deu aos enfermeiros

fechava os olhos, tentava voltar atrás com a lembrança

ao momento em que sua vida tinha um pouco de normalidade

voltou atrás até o momento em que se viu sentado na sala com Nedal e Jihad

enquanto as vozes alegres da mãe de Nedal, de Engy e de Riham ecoavam da cozinha

Ibrahim sentia que pertencia a uma família

Pertencia a uma família

Uma sensação totalmente estranha para ele, já que nunca tivera uma família

Um pai não é uma família

A menos que encha você de atenções e procure fazer as vezes de pai e mãe

Um pai como o de Ibrahim era apenas um pai,

não uma família,

e estar sentado ali, junto com pessoas que gostavam dele, poder ficar calado e não ouvir o incômodo silêncio da solidão, mas as vozes,

vozes de diversos timbres, silhuetas sempre diferentes, personalidades opostas, uma mistura

de pessoas com as quais teria podido viver por toda a vida.

Naquele momento, ele se sentiu uma pessoa de sorte, um rapaz que estava ao abrigo, com a barriga cheia e vontade de rir um pouco,

enquanto seus compatriotas, muitos de seus compatriotas, não tinham mais casa,

vontade de rir e, pior,

não tinham mais uma família.

Ele se sentia uma pessoa de sorte, sentia que tinha sorte, enquanto conversava com seus amigos:

— Às vezes, me pergunto se algum dia sairemos desta guerra. Quero dizer, há quanto tempo estamos lutando? Nossos pais, nossos avós e nossos bisavós não fizeram outra coisa, e agora nós estamos fazendo o mesmo, e quem disse que nossos filhos e netos não farão igual? E se um dia parássemos de lutar e de brigar com soldados que aparecem em nossos vilarejos? E se parássemos de usar a violência, o que eles fariam? Eles nos matariam da mesma forma? Continuariam andando por aí em carros blindados e metralhadoras? Deixariam de ocupar nossos territórios?

— Jihad, suas palavras são muito bonitas, mas eles não pretendem se retirar, e não pense que nós gostamos de lutar e arriscar a vida todos os dias, mas nós só estamos nos defendendo, Jihad, ou pelo menos estamos defendendo tudo que nos restou, alguns pedaços de terra. Se parássemos, eles pegariam esses também... Nunca respeitaram os acordos, nunca, sempre procuraram apenas ocupar as terras: as nossas, as do Líbano, como em 78... Querem pegar tudo que puderem para criar a Grande Israel, a utopia extrema...

— Mas não podemos nos entregar à violência! Estou cansado de ver pessoas morrendo e de viver em guerra desde que nasci, todos os dias da minha vida! Quero morrer na minha casa, com 90 anos, dormindo, não com 20 anos, com tiros de fuzil! Estamos tão bem nesses raros momentos de tranqüilidade. Temos até a ilusão de que tudo isso acabou.

— Você fala assim porque só tem 20 anos, Jihad, e se sente jovem e tranqüilo, acredita que uma paz de mentirinha seria suficiente. Mas, cedo ou tarde, terá de abrir os olhos, Jihad, e garanto que é melhor fazê-lo o quanto antes. Faça-o agora e comece a dar uma mão ao seu povo, mas, falando sério, você acha que os grupos de pacifistas já fizeram alguma coisa de concreto por nós? É triste dizer isso, mas a única maneira de nos salvarmos é usando a violência... Mas sabe o que me deixa furioso? Aqueles países, os países europeus, que criticam nossa Intifada, mas não nos dão a menor ajuda. Se a guerra é o sistema errado, por que eles não fazem algo de concreto? A verdade é que a guerra só é o sistema errado quando isso é cômodo para eles, eis a verdade... Ibrahim, não vai dizer nada?

— Eu só quero vencer. Nada mais. Viver em paz na minha casa, sem ter medo que, de um dia para o outro, alguém tenha pretensões sobre a minha terra. Se a violência é o único sistema que sobrou para chegar à paz, temos que aceitá-la e tentar levar a melhor. E é preciso respeitar a justiça. Porque, como meu pai sempre dizia, não há...

— Não há paz sem justiça. Você diz isso todos os dias, Ibrahim, desde que nos conhecemos. É claro que seu pai devia ser mesmo um santo homem.

— Era, sim. Ele só pensava na religião, em Alá, no bem e na paz. Sempre foi um homem íntegro. Mas isso não basta, entenderam, não basta. Se a fé bastasse, se bastasse... Quando vêm à sua casa para matar você, pegar suas coisas, para eles não importa quantas cópias do Alcorão você tem ou se freqüenta a mesquita. Mas ter fé não basta.

— Mas por que vocês falam assim? Precisamos ter fé no Senhor e acreditar Nele. Ele nos manda aceitar as dores e superá-las, viver uma vida de alegrias e agradecer, diz que aqueles que sofrem estão sob a Sua proteção. Nós sofreremos na Terra e veremos os carrascos serem justiçados quando estivermos ao lado Dele. E por que não acreditamos nisso e nos decidimos, em vez de virarmos carrascos também? Nossas crianças que morrem são como as crianças deles que morrem: criaturas inocentes! Por que temos que desejar a morte deles?

— Jihad, escute: tudo isso é muito nobre, mas eles não pensam assim, eles não se perguntam se o Deus deles aceita a violência. Eles sofreram, foram perseguidos e, em vez de aprender com isso, em vez de terem piedade de nós, já que conhecem a dor, nos infligem as mesmas torturas que sofreram. Em vez de procurar um pouco de paz, para nós, para eles, eles vêm, ocupam nossas terras e atiram sem nem olhar as vítimas nos olhos. Se eu encontrasse um judeu, perguntaria a ele: "Você não tem medo do Senhor?" E queria ver o que me responderia...

— Nedal, sei que, em parte, você tem razão. Eles não pensam duas vezes antes de fazer conosco o que fizeram a eles e não têm pena de um povo que, por causa deles, esqueceu o que é a paz. Mas você sabe melhor do que eu que eles têm todas as cartas na mão para ganhar. Como podemos então esperar que, no final, se é que haverá um final, nós ganhemos? Não é melhor tentar evitar mais mortes, mais destruição e retomar o diálogo?

— Jihad, nós tentamos mil vezes a via do diálogo, e mil vezes eles não obedeceram aos acordos e fizeram o que queriam, indo contra o mundo todo. Se houvesse outra maneira, já a teríamos usado, mas, acredite, não há. Você me pergunta como poderemos vencer, e eu lhe digo: acreditando. Nunca deixando de acreditar, nem por um instante, nem quando estamos tomados pelo sofrimento, nem quando estamos sozinhos. Nosso objetivo deve ser apenas este: defender o que é nosso, a nossa terra. Meu pai, até o último dia, sempre me disse para ter fé e nunca me entregar. Procurar a via do diálogo é como se render à prepotência deles e submeter-se à vontade deles. Nedal, nem eu quero a violência, e se você conhece outra maneira, me diga: estou pronto para adotá-la desde já.

— Eu... não, Ibrahim, nem eu conheço outro modo. Não sei, é que chega um dia em que você acorda e vê o sol, e tudo parece tão bonito, que você se pergunta por que estragar.

— Hoje mesmo... Ei, esperem! Ouviram? Que barulho é esse? Estão ouvindo?

— É verdade! Não quero nem pensar. Vem, Nedal, vamos logo, vamos ver.

E tudo terminara em um instante,
a tranqüilidade, a discussão,
a normalidade daquela situação,
a normalidade obtida com tanta dificuldade
tudo terminara
e agora
agora, ele estava ali, sentado naquele quarto de hospital,
entre lençóis brancos e limpos,
com outras camas ao lado e outras pessoas arrancadas da própria vida,
com uma mistura de idéias e sentimentos que o confundiam
e o tornavam refém daquilo que acontecia.
Ele nem conseguiu verter uma lágrima
por
Engy e sua mãe,
sentiu a garganta endurecer, espasmos na barriga,
mas não conseguiu chorar
mas quis
mas quis
talvez o pai se orgulhasse dele
e do fato de não ter chorado,
mas Ibrahim não se importava muito em ser homem naquele momento,
queria apenas encontrar um canto naquela sua dimensão de dor,

um canto bem protegido e, ao mesmo tempo, terrivelmente exposto ao perigo,
um canto pequeno e confortável
onde ficar para sempre
sofrer para sempre
e, talvez, morrer.

Eles ficaram no hospital por uma semana,
a cirurgia de Nedal correu bem,
tudo que lhe restou daquele episódio foi uma cicatriz
e a imensa dor,
a imensa,
incomensurável,
injusta,
irremediável
dor que ocupava cada parte de sua vida.
Em um instante, viu-se sem mãe, sem irmã, sem família,
como faria para dizer isso a seu pai?
O que lhe diria?
Que, enquanto ele trabalhava sem parar na Síria,
sua filha e sua mulher foram mortas por alguns soldados israelenses,
que sua família não existia mais?
E como ele, Nedal, faria para sobreviver
sem Engy, sem sua doçura, sua gentileza, seu jeito alegre e desprendido de ser, sem seus doces e suas carícias, sem seus gritos, na verdade mais engraçados do que de repreensão, de manhã, quando os acordava, sem seu

apoio, sua sinceridade, sua lealdade, sem sua ajuda nos momentos difíceis, sem os casacos que ela fazia, sem sua alegria de viver, sem aqueles olhos grandes e profundos, sem seus sorrisos doces e compreensivos, sem seu modo delicado, sutil, discreto e maravilhoso de entendê-lo, sem que ele precisasse dizer ou fazer nada?

Como viveria sem ela?

E como poderia aceitar a perda da mãe,

a mulher que o colocara no mundo e que, desde então, o havia ajudado e amado sem reservas, que havia dedicado sua vida a garantir que nada lhe faltasse, que sempre o admirara pelo que era, que lhe dizia todas as manhãs, quando saía, para se agasalhar bem, que, no mês do Ramadã, às vezes o esperava, ainda em jejum, mesmo depois da hora do Magreb, porque dizia que nunca o deixaria comer sozinho em um momento tão bonito como o do Aftar, que tivera medo por ele em cada momento daquela maldita e injusta guerra.

Nedal devia seguir em frente,

devia continuar vivendo, mesmo sem as duas pessoas mais importantes da vida dele.

Como isso era possível?

Riham estava ao lado dele, havia se recuperado do choque e escondia bem a dor em seu íntimo

de modo que parecia forte e disponível para Nedal,

mas, à noite, chorava até passar mal, sozinha no gelo daquele quarto.

Ibrahim falava muito pouco e ficava sempre afastado.

Jihad tentava manter o grupo unido

porque, depois daquela desgraça, tinha visto a morte de perto

e tinha sentido seu cheiro

visto sua cor

e agora tinha uma forte necessidade, quase dolorosa, de afeto

Mohammad e Ramy passaram muito tempo com os quatro

e acabaram se afeiçoando a eles

e sentindo-se próximos a eles,

porque haviam perdido a família antes

e sabiam o que era aquela dor.

Ibrahim percebeu que estavam se tornando um grupo, um pequeno grupo,

e se surpreendeu com isso.

A dor une as pessoas? Une de verdade?

Para ele, parecia que a dor o levava inexoravelmente

para o vazio e o escuro da solidão,

e sentia que não podia reagir, que não conseguia.

Assim, ele os observava e via os pequenos e tranqüilizadores sorrisos que lançavam

para consolar, dar coragem um ao outro,

para conseguirem ser fortes

todos juntos

e uma noite aconteceu: ele sonhou com o pai.

Naquela noite, caiu logo no sono, um sono agitado, até que

se viu tremendo, ensangüentado, caído no chão,

se levantou e olhou em volta, procurando sinal de vida,

mas não havia nada

e não havia ninguém

era uma imagem incompreensível do vazio, do nada, que o rodeava.

Era um fim ou um começo?

Não conseguia dar uma cor àquela situação.

Branco ou preto?

Então ele chegou.

Ele andava daquele jeito, levemente curvado para a direita, os braços caídos dos dois lados, o olhar à frente, a cabeça alta, os passos pequenos, infinitos.

E ele usava a mesma túnica azul e tinha uma expressão séria.

Não ria nunca.

Quantas vezes Ibrahim o havia visto rir? Uma? Duas?

E, com essa expressão, até mesmo um pouco grave, aproximava-se cada vez mais, com o olhar fixo nele, e, quando chegou bem perto,

estendeu a mão, lentamente, com um gesto solene e, ao mesmo tempo, afetuoso.

Ibrahim não hesitou nem por um instante e lhe deu a mão, acompanhou-o.

Eles andaram em volta daquele vazio,

rodearam-no, encheram-no, tornaram-se um só com o vazio.

Foram a essência do sonho

E, naquele instante, Ibrahim se sentiu tão vivo que não parecia mais um sonho

E foi naquele momento que,

sem tirar os olhos dos dele,
disse uma coisa
uma única coisa
mas que, para Ibrahim, foi muito importante,
foi tudo,
disse, tão devagar que pareceu quase imperceptível:
— Você não está só.

Mohammad morava em uma pequena casa não muito longe do hospital e, no dia em que tiveram alta, levou-os até lá com o caminhão, mandou-os entrar e disse-lhes que se sentissem em casa, porque aquela era a casa deles.

Ramy foi encontrá-los na hora do almoço, e Riham fizera arroz com ervilhas e molho de tomate. Estava tudo muito gostoso, e eles passaram o tempo conversando e discutindo, não com ânimo, não com alegria, mas, de qualquer modo, juntos.

Nedal, que sempre ria e brincava com Riham e não perdia a chance de implicar com ela por ser tão estabanada, ficava calado e limitava-se a observar a todos.

Ibrahim entendia que o amigo estava pensando, pensando, e, em breve, algo teria acontecido, algo teria mudado.

Não foi preciso muito. Alguns dias depois, Nedal chamou Ibrahim em um canto e lhe disse:

— Ouça, Ibrahim, preciso lhe dizer uma coisa. Já faz algum tempo que penso nisso e não sabia como... enfim, como contar. Você sabe que gosto de você como de um irmão, que, hoje, você é tudo para mim. É a única coisa que me resta. Bem, eu...

— Eu sabia, Nedal. Faz quase uma semana que você não diz nada, que fica calado, observando tudo, como se nada lhe dissesse respeito. Eu sabia que alguma coisa aconteceria, mas, pelo amor de Deus, Nedal, não me deixe nessa ansiedade. O que é?

— Bem, eu decidi... pensei em ir embora. Quer dizer, ir embora, mas não pense que quero desaparecer e esquecer vocês. Não vão se livrar tão facilmente do velho Nedal. Mas não agüento mais. Sinto que estou morrendo, de verdade. Vocês têm uma capacidade enorme de recuperação, mas não agüento. De verdade, não agüento, não consigo fingir que está tudo bem, e não consigo sorrir, não consigo ficar em paz comigo mesmo, não consigo ler, não consigo fazer nada. Eu tentei, de verdade, mas...

— O que está dizendo, Nedal? Ir embora? Para onde? Quer me deixar aqui? Eu, você... enfim, não se lembra? Tínhamos tantos projetos! Nosso futuro é juntos, não posso pensar em nada sem você, nem sair para comprar leite. Por quê? Por que não quer ficar com as pessoas que amam você? Escute, Nedal, eu entendo muito bem o inferno que você está vivendo. Quando perdi meu pai, quase enlouqueci de tanta dor e decidi ir embora. Para isso cortei todos os laços com o passado, peguei minhas coisas e vim para cá. Mas não adiantou nada, encontrei outras pessoas que me ensinaram a amar, porque não se pode fugir da dor, ela nos segue por toda parte, e a solidão faz doer ainda mais. Eu cometi um erro, então...

— Deixe que eu também erre. Dê-me a possibilidade de errar e, depois, talvez possa vir e me dizer: "Viu? Eu tinha razão." Mas permita que eu faça o que tenho vontade, ainda que esteja errado...

— Nedal, escute: estamos todos mal. Todos. Nós conversamos, trocamos pequenos sorrisos de encorajamento, tentamos superar os dias com um ar impassível. Mas, de noite, sozinhos com nossos pensamentos, somos tomados pela dor. Lutamos nossa batalha cotidiana, mas, para vencê-la, temos de ficar unidos, todos juntos, e não espalhados pelos vilarejos, cada um cego pela própria dor. Não podemos ser perdedores.

— Bem, eu sinto muito, Ibrahim, mas não sou um vencedor, como você, então, quero perder, se isso significa ir embora. Não tente me demover, por favor. Eu já decidi.

— Não posso fazer nada para demovê-lo? Não há mais nada que possa fazer para que mude de idéia? Vai me deixar? Vai embora? E como eu seguirei em frente? Como acha que vou superar os dias, as noites? Quem vai me dar uma razão para seguir... para seguir em frente?

— Você tem Riham e Jihad, e Mohammad também, agora, e Ramy. Eles darão a você uma razão para seguir em frente, ajudarão você.

— Mas não é a mesma coisa. Nunca será a mesma coisa.

— Eu... Eu sei, Ibrahim.

Um abraço, um abraço,
uma lágrima, duas,
não, não, pare, faça alguma coisa para detê-las, mas não se consegue,
é inútil, em um momento desses,
um momento que não se pode parar.
Ibrahim apertou Nedal com toda a força que tinha e se entregou aos soluços,
seu corpo sacudido pelos soluços,
as lágrimas ofuscando-lhe a visão,
uma dor inexplicável apertava-lhe o peito como um torniquete
tudo aquilo que havia construído desde a morte do pai desmoronou em um segundo,
tudo aquilo que havia construído,
e sua fragilidade explodiu
estava cansado das dores e do sofrimento,
cansado da guerra e do sangue
e queria apenas viver com uma pessoa
que, de manhã, lembrava seu pai
de tarde, lembrava seu pai
de noite, lembrava seu pai
que lhe dava razão para viver
que agora ia embora
e o deixava ali, sozinho e indefeso
diante de todos os seus medos e fraquezas,
outro soluço, mais forte
a dor é uma força que destrói qualquer resistência,
insinua-se, deslizando por entre as fobias, e os so-

nhos, e os pensamentos, e os sentimentos, e a emoção, e a verdade

e, quando finalmente se aplaca,
como quando um parto chega a seu fim
a obra sai, completa
finalmente pronta
quando finalmente se aplaca,
deixa o vazio, o cansaço e
a dúvida
um abraço, um soluço
enquanto, da porta da cozinha, vinha outro pequeno soluço,
não, não de Ibrahim
nem de Nedal,
o de uma sofredora,
incrédula,
escondida Riham.

Nedal partiu dois dias depois. Ninguém ousara tentar convencê-lo, em parte pela firmeza que parecia não o abandonar, em parte porque todos se sentiam incrivelmente pequenos diante da dor que um rapaz tão jovem podia sentir após perder a mãe e a irmã, em parte porque alguma coisa lá dentro dizia-lhes que ele voltaria

Ele voltaria.

Talvez fosse apenas uma fraca esperança, que eles confundiam com certeza.

Nedal olhou um por um, com um sorriso melancólico nos lábios

Jihad, que continuava esfregando os olhos, fingindo que tudo estava bem e sem coragem de admitir que sim, que estava chorando, sim, não conseguia segurar as lágrimas para passar a ilusão de ser forte; Mohammad, que continuava fazendo piadinhas e sorrindo, para alegrar um pouco os outros e aliviar a tensão, mas que, na verdade, sofria por dentro, como todos; Ramy, que parecia hesitante e confuso e dirigia o olhar para todo lado, sem fixá-lo em lugar algum por mais que poucos instantes; Riham, que olhava para baixo e não parava de chorar, não parava de chorar havia dois dias, e que procurava conforto em Ibrahim, com um olhar de súplica, pedindo que ele, de alguma maneira, convencesse Nedal a ficar; e finalmente Ibrahim

Ibrahim, que não fazia nada disso,

simplesmente o fitava nos olhos, falava com ele, confrontava-o com um quê de acusação implícito no olhar, que não parava de falar com ele, de olhar para ele, que parecia lhe dizer

você vai perder tudo isto, vai perder tudo isto

mas não era uma maneira de convencê-lo a ficar, não, era mais seu modo de despedir-se e de lhe dizer

você volta

você volta

De repente, fez-se silêncio, todos pararam de falar ao mesmo tempo,

Nedal sorria, confuso, olhava em volta

E finalmente disse, escolhendo bem as palavras

— Eu nunca esquecerei vocês, aconteça o que acontecer

Eu nunca esquecerei vocês
E, acima de tudo, quando vencermos, seremos um só, nós, aqueles que perderam a vida nesta guerra, e encontraremos a paz, eu juro, eu juro.

Depois abraçou todos, colocando uma mão no coração, para mostrar que eles estariam ali em cada momento da vida dele, demorou-se um pouco abraçando Ibrahim, ficaram juntos por um instante que pareceu
interminável
E, fundindo suas emoções, seus sentimentos
trocaram a promessa tácita
de que se veriam de novo
se veriam de novo.
Então Nedal virou-se e foi embora, o passo lento, mas seguro, as costas meio curvas,
e ouviu-se um chamado,
a voz doce, mas forte, de Riham
Nedal
Ele virou-se no instante em que ela se jogou em sua direção,
abraçaram-se forte
permaneceram unidos
dizendo, com a simples força de um abraço,
mil palavras
chorando e rindo
e finalmente se separando
e se olhando nos olhos
uma última vez.

Os primeiros dias sem Nedal pareciam arrastar-se com uma lentidão inacreditável. Cada um acordava de manhã com um único pensamento na cabeça: vencer a tristeza e a monotonia que estavam por vir.

Riham, cada vez que deixava cair alguma coisa ou fazia alguma bobagem, virava-se, esperando a risada calorosa de Nedal e suas palavras de escárnio, sua terna ironia. Mas ninguém dizia nada

e a voz de Nedal era apenas parte de sua imaginação

Ibrahim, antes de sair, pensava "vou com Nedal", mas então, que absurdo, lembrava que Nedal não estava mais lá, não estava mais

E faltavam-lhe forças para pedir a Jihad que o acompanhasse,

porque sabia que era uma segunda opção,

e isso não lhe parecia justo.

Mohammad, ainda que sentisse a falta de Nedal, estava sempre sorridente e alegre,

fazia brincadeirinhas, mantinha viva a conversa, unia o grupo

e, quando ia ao hospital com Ramy, fazia falta em casa,

reinava lá o silêncio.

Ibrahim começou a sair com freqüência e a passar o dia todo fora,

voltava à noite, sem dar a menor explicação a Jihad e Riham,

que ficavam ofendidos e, ao mesmo tempo, preocupados.

Nedal sempre foi um ponto de referência para cada um deles,

e sua ausência desorientava-os, assustava-os,

parecia que estava sempre faltando algo fundamental em cada discussão,

cada momento, cada briga.

Com o tempo, começaram a ter verdadeiros e sérios problemas de comunicação,

se conversavam, era só para brigar, para ofender um ao outro e dizer insultos, cada um descarregava as próprias frustrações em cima dos outros, e eles desafogavam toda sua fraqueza e seu desconforto com aquele conflito eterno em cima da única pessoa que amavam de verdade e com que conseguiam deixar a guerra de lado por algum tempo. Já tinham desistido de falar de paz, diálogo, das estratégias de Arafat ou dos atentados e dos suicídios dos camicases; limitavam-se a falar das notícias que ficaram sabendo naquele dia: a ocupação em outro vilarejo, a morte de um grupo de famílias palestinas, dois israelenses feridos, três mortos, os ataques, a violência. Eles se atiravam as pesadas pedras daquela guerra, porque era como se quisessem machucar uns aos outros, e enfatizavam as palavras, os acontecimentos mais trágicos, concluíam com frases de tom macabro, mostravam abertamente o próprio pessimismo em relação ao futuro da guerra.

Eles sabiam que o clima que rondava a casa estava saturado de tensão, incompreensão e rancor, mas não faziam nada para melhorar as coisas; era quase como se aquela partida inesperada tivesse feito aflorar o pior lado de cada um, e, embora soubessem disso, a situação só piorava.

Uma noite, Ibrahim nem voltou para casa, chegando na manhã seguinte, por volta das onze horas, com um desinteresse e uma tranqüila indiferença que eram quase ofensivos. Uma briga furiosa eclodiu entre ele e Riham, aplacada com dificuldade por Mohammad, Ramy e Jihad.

— IBRAHIM! Graças a Deus! Santo céu! Que medo... Céus! Céus! Ibrahim, você é... é... é um insensível, é isso que você é! Um egoísta nojento e insensível! Onde diabos você se meteu? Hein? Passei a noite toda tremendo! Pombas, Ibrahim! Como você ousa? Como diabos você ousa fazer isso? Desaparecer assim, sem dizer nada a ninguém. Você não tem coração? Hein? Passamos a noite toda procurando você em todos os hospitais, pelas ruas, em toda parte, com a morte no coração, assustados, aterrorizados! O QUE VOCÊ TEM NA CABEÇA? Eu te odeio! Desde que o Nedal foi embora, você não fez outra coisa além de ser grosso, mal-educado, indiferente! Eu tenho... tenho... Pronto! Não sei nem se tenho pena ou nojo de você! Escute, não quero nem olhar pra sua cara. Eu vou sair daqui, senão sou capaz de cuspir em você... ou melhor! Ou melhor, espere aqui um segundo: onde diabos você se meteu? Hein? Ou é segredo?

— Escute aqui, você! Antes de qualquer coisa, acalme-se e abaixe o tom! Depois, eu não devo satisfação do que faço a ninguém! Como você ousa me insultar, levantar a voz pra mim? No fundo, você é só uma mulher!

— Ah, é? E o que diabos significa isso? Agora também é machista! Como eu desprezo você! Eu...

— Chega, Riham, fique calma. Agora não é hora de...

— Cale a boca você, Jihad! E você, seu mal-educado, o que você ousa insinuar quando diz que sou só uma mulher? Hein? Onde está escrito que os homens são melhores que as mulheres ou têm mais direito de falar, de gritar, pular e fazer o que bem entendem? Como você ousa, seu mal...

— Eu ouso, sim, e como ouso! Eu chego em casa cansado, exausto, e uma doida histérica começa a gritar e me insultar, como eu deveria reagir? Se você realmente não dá a mínima para mim...

— Mas, Ibrahim, ela não disse que não dá a mínima!

— Cala a boca, Mohammad! E, você, não precisava sair por aí atrás de mim! Eu fico fora o tempo que quiser, e vá cuidar da sua vida! Estou cansado de morar com uma histérica que banca a mamãezinha brava! Abaixe a voz. Ou melhor, vá dormir ou fazer outra coisa, que é um favor que você faz a todos nós!

— Ah, é assim que me trata? É assim que mostra seu afeto por mim, seu reconhecimento? Eu estou sempre aqui para costurar suas meias, fazer sua comida, esperar você até tarde, conversar com você, dizer a você palavras gentis, fazer sua cama, passar suas camisas e até para me preocupar quando sai, e você retribui gritando e me mandando cuidar da minha vida e não encher seu saco? Quer saber, seu... seu... desgraçado, quer saber? Agora eu vou embora mesmo! Assim, não perturbo a sua vida, e você pode passar a noite fora fazendo o que bem entender, sem uma doida histérica, como você me definiu, se preocupando com você! Agora vou embora, assim todos ficarão mais tranqüilos e felizes!

— Riham, agora você está exagerando. Nós não queremos ir embora daqui, estamos com nossos amigos, não é caso de jogar tudo fora só por uma briga...

— Jihad tem razão. Ibrahim tem sua parcela de culpa, mas você não deve reagir assim.

— Não se meta, Ramy! E você, Jihad, se quiser ficar, pode ficar! Não estou obrigando você a me acompanhar! Aliás, vejo que já começa a pensar como eles. Eu sou uma mulher e devo ficar calada, não posso nem me zangar...

— Mas eu nunca disse isso! Riham, tente ficar calma...

— Não, não fico calma! Já percebeu que ninguém aqui me respeita? Já percebeu que... você, Ibrahim! Você! É tudo culpa sua! Você é um insensível! Talvez essa guerra nojenta tenha transformado você assim, ou talvez seja porque seu querido amigo Nedal foi embora, mas você virou um monstro! Sabe o que eu lhe digo? Teria sido melhor se você tivesse desaparecido por completo, esta noite. Assim, eu não precisava me preocupar. Olhe, estou com raiva só de pensar nas lágrimas que chorei esta noite...

— Ninguém mandou chorar! Agora você fica fazendo esse teatro e fingindo que vai embora, mas isso não muda as coisas! Você é ridícula, uma neurótica que não sabe o que fazer e se irrita com quem não tem nada com isso!

— Eu não estou fingindo nada! Vou pegar minhas coisas e ir embora, e, quando eu falo, eu faço mesmo!

— Ah, não, agora sou eu que vou!

— Não, meu caro, não deturpe as coisas! Estou realmente farta! Fique aqui para matar de pena os outros, Ramy, Mohammad e Jihad, enquanto puder. Porque saiba, Ibrahim, lembre que, agora, eles podem estar dispostos a agüentar suas loucuras e sua indiferença. Mas, um dia, até eles se cansarão, e você estará sozinho como um cão! Entendeu? Sozinho como um cão!

— Isso é você que está dizendo! Você é que vai ficar sozinha, irascível como é! E escute uma coisa: pare de me julgar! Nem se atreva a dizer essas coisas! Eu faço o que bem entendo, e se os outros não gostam do meu comportamento, o problema é deles! Se Mohammad não quiser que eu fique na casa dele, basta me dizer!

— Eu nunca disse isso, Ibrahim! Agora está exagerando! Por mim, pode ficar aqui a vida toda...

— Se essa doida continuar ainda mais tempo, eu é que não fico aqui nem mais um minuto!

— Não, meu querido, agora sou eu que vou embora! Deixe-me em paz! Ninguém encoste a mão em mim! Você também, Jihad! Fique longe de mim! Agora, eu vou de verdade! Pronto! Onde está minha bolsa? Onde estão as minhas coisas? Pronto... Está tudo aqui dentro...

— Riham, o que está fazendo?

— Ramy, não se meta, deixe-me em paz!

— Riham, pare! Você não vai a lugar algum, porque...

— Jihad, eu não estou lhe pedindo nada! Fique com seus amigos e deixe-me em paz. Pronto, agora, que peguei minhas coisas, posso ir embora.

— Riham, pare! Vamos parar e discutir isso com calma.

— É, Ramy tem razão, Riham, por favor...

— Ei, escute, pare, venha cá...

— Não encostem em mim! Saia! Parem! Seu amigo Ibrahim agora ficará satisfeito!

— Riham, eu não quer...

— Não, Ibrahim, você queria, e muito! Agora, a doida vai embora!

— Riham!

— Adeus para todos. Fiquem bem!

— Pelo amor de Deus, Ibrahim, viu o que você fez? Ela... Ela foi embora! Jihad, o que está fazendo?

— Não achou que deixaria minha irmã sozinha, achou, Mohammad? Não achou que eu fosse deixá-la ir embora assim!

— Não, mas pode convencê-la a ficar!

— Minha irmã é teimosa e orgulhosa, quando diz uma coisa, ela faz! A única coisa que posso fazer é ir com ela... Onde está meu relógio?

— Jihad, não dê ouvidos aos caprichos dela!

— Ramy, isso não é um capricho! Vocês disseram de tudo a ela! Ibrahim a insultou e ofendeu!

— Por quê, por acaso ela foi gentil?

— Ibrahim, não foi ela que passou a noite fora sem avisar ninguém! Nesta situação, em que as crianças saem para fazer compras e não voltam mais para casa!

— Ah, então é tudo culpa minha! Quer dizer que...

— Ibrahim, agora cale a boca! Jihad, você não pode nem tentar...

— Não, Mohammad, não adianta. Agora vou embora. Cuidem-se. Eu preciso correr. Sabe-se lá onde Riham se meteu.

E Jihad também saiu, com a trouxa de roupa nos ombros,

saiu apressado,

quando já estava fora de casa, começou a correr pela estradinha, até ver sua irmã

e chamou-a, gritando seu nome, ela mal se virou, sem parar de andar, e o olhou,

então se virou de novo e continuou andando, mais devagar do que antes,

era sua maneira de dizer que o estava esperando

na casa, ninguém gritava mais,

um silêncio insólito,

um silêncio triste,

Ibrahim, com o olhar fixo no chão,

Mohammad, que andava de um lado para o outro, tirando os objetos do lugar, endireitando os quadros,

ele não tinha o que fazer, mas não sabia o que dizer

não sabia o que pensar

e era melhor ficar com as mãos ocupadas,

Ramy o observava, sem saber

se chorava

ou se ria

Nenhum movimento

Quando Mohammad não achou mais nada para fazer

sentou-se em uma poltrona e ficou calado, olhando em volta

Então, Ibrahim levantou o olhar e perguntou apenas com a voz baixa e rouca, o arrependimento nos olhos

perguntou apenas

se achavam que ela voltaria

perguntou assim: "Acham que ela volta"

e nenhum deles sabia o que dizer,

porque esperavam aquilo, esperavam ardentemente

mas ninguém podia saber

é claro que, se Jihad e Riham não voltassem, deixariam um vazio insuperável

e a situação pioraria ainda mais,

se isso fosse possível,

era o fim de alguma coisa, aquele podia ser o fim de alguma coisa,

primeiro Nedal, então Riham e Jihad

seria agora a vez de Ibrahim?

Nesse ponto, Ramy perguntou, curioso e irritado,

perguntou a Ibrahim onde diabos ele se metera

e a resposta foi exatamente a esperada.

— Por aí, assim, por aí

procurando um pouco de mim mesmo,

pensando,

refletindo,

magoando a mim mesmo

— Você fez de propósito, não foi? Diga a verdade, Ibrahim, fez de propósito?

perguntou Mohammad

De repente, ele entendia, de repente, ele sabia,

sentia uma grande pena
daquele rapaz
— Você fez de propósito?
E Ibrahim respondeu.
— Fiz.

Naquela noite, Ibrahim não dormiu
Ficou rolando na cama,
mudando continuamente de posição
então afastou o cobertor
e levantou-se, andando com os pés descalços sobre o chão frio,
saiu do quarto onde, até a noite anterior, dormia com Jihad
e foi à cozinha
encheu um copo de água fresca,
matou a sede da garganta seca e demorou-se a fitar o vazio por algum tempo
Você tem tanto medo de ser amado?
Você tem tanto medo de ser amado?
Observou as próprias mãos,
as unhas roídas, os dedos longos e finos,
como os de sua mãe,
pelo menos fora o que lhe dissera seu pai,
então abaixou a cabeça, apoiou-a na bancada da cozinha, segurou-a com as mãos,
pronto, ele sempre conseguia estragar tudo
estragar tudo
e pouco importava se odiava a si mesmo

cada vez mais,

o problema era que, no final, levara discórdia ao grupo todo

e estragara a única coisa bonita que tinha conseguido construir na vida

a amizade

a amizade

parecia absurdo, mas, na guerra, ali,

sem os pais, sem uma família,

sem um apoio, sem algo de sólido e seguro,

a coisa que lhe restava,

a mais importante,

era a amizade

todos vão embora, pensou Ibrahim

Nedal foi embora, Riham e Jihad foram embora, e eu vou ficar sozinho

daqui a pouco, Mohammad irá me pedir para ir embora de sua casa

o que há de errado comigo? Que inferno, o que há de errado comigo?

Por que o medo era tão grande, o medo de gostar de alguém,

de gostar tanto de alguém,

o medo de perceber que está formando um vínculo forte, indissolúvel

com alguém

o medo de fincar as raízes no coração de alguém,

isso

amar parece fácil, amar parece tão fácil,

mas odiar é muito mais fácil

o ódio é um sentimento tão gratuito, não requer muita coisa
mas Ibrahim não conseguia amar,
ser amado
amar
ou ser amado?
Não seria a mesma coisa?
Não seria a mesma coisa?
Sentiu uma lágrima escorrendo lentamente, nascendo e morrendo ao mesmo tempo
que o levou a abaixar as pálpebras
era a dor pungente pela falta de Nedal
que lhe dava dores agudas no estômago
ou no coração?
Ele já não distinguia mais, era só
o sofrimento, que se misturava com a confusão daquele momento
Riham
na verdade, tão querida
ele a amara como a uma irmã,
e sentiu um medo maldito
daquela reação
o fato de ela ter se preocupado tanto
o fato de ela ter se assustado tanto
lembrou que, entre os gritos e insultos,
ela lhe dissera que havia chorado a noite toda
e isso, por mais absurdo, fizera bem a Ibrahim
fizera-lhe mal
e, ao mesmo tempo, bem
o medo de ter entrado no coração de alguém

e a alegria
se tivesse morrido
ela teria chorado por ele,
ela e todos os outros,
ele não tinha vivido em vão
e era uma pessoa importante na vida de cinco pessoas
isso não significava alguma coisa?

Ibrahim se permitiu esboçar um sorriso lembrando-se de todos os momentos em que

Riham mostrara-se afetuosa, quase maternal, com ele

E sentiu-se mesquinho e cruel

Seu comportamento tirara-lhe a possibilidade de ser amado

por Riham
e, provavelmente, também pelos outros
Eu sou tão bom em estragar tudo
tenebrosamente
bom.

Na manhã seguinte, Ramy saiu de casa bem cedo para ir ao hospital,

Mohammad, por sua vez, ficou para arrumar as coisas, depois disse que iria ver se precisavam dele no hospital. Ibrahim então perguntou se também poderia fazer alguma coisa no hospital.

Mohammad fitou-o com raiva, quase sem vontade, e disse-lhe que não.

Foi difícil suportar, mas Ibrahim tentou permanecer impassível e disse que então iria procurar trabalho na vila.

Depois que Mohammad saiu, Ibrahim orou e saiu também.

De início, vagou um pouco sem rumo, então

se dirigiu ao único grupo de lojas de toda a área

Não longe da mesquita onde orava, viu que, em um dos campos que em geral eram vazios e desolados, havia tendas de refugiados

"Que vilarejo terá sido atacado agora?", perguntou-se

Ficou observando distraidamente, então pensou que talvez pudessem precisar dele ali

Aproximou-se devagar, um pouco hesitante,

e logo viu caminhas rústicas de madeira e lençóis sujos

crianças, idosos, mulheres

feridos, sangrando, agonizando,

chorando, tristes, transtornados,

mas todos precisando de ajuda.

Mal chegou, aproximou-se um rapaz muito novo e lhe disse:

— Precisamos de ajuda

onde fica o hospital mais próximo?

E Ibrahim respondeu que o hospital não ficava muito perto, mas ele tinha um caminhão em casa e podia levar os feridos

O rapaz disse que todos agradeciam, agradeciam muito

Ibrahim observou-o curioso; era um rapaz alto, de porte médio, pele clara

olhos verdes de uma intensidade peculiar, cabelos pretos como o ébano, despenteados, lábios pequenos e bem-desenhados

na verdade, tinha um aspecto meio andrógino, mas também um quê de viril,

era um contraste estranho: pelo modo de agir, de falar, parecia extremamente corajoso, apesar de ser bem novo; mas, quando fitava aqueles olhos de forma bonita, quase amendoados, a pele delicada, pensava em uma figura feminina.

Ibrahim disse que voltaria logo, correu para casa, onde sabia que, naquele dia, Mohammad tinha deixado o caminhão, e mal chegou dirigiu-se ao quarto de Mohammad, abriu as gavetas, esvaziou os bolsos, levantou até o colchão à procura das chaves. Finalmente, encontrou-as dentro de um vaso, na sala.

Correu para fora e pulou para o caminhão, não sem alguma dificuldade.

Ele nunca tinha dirigido um caminhão, mas, àquela altura, pouco importava

Não devia ser tão difícil assim, não é?

Enfiou a chave no contato e apertou o pedal com o pé

sua pressa quase pôs tudo a perder

na verdade, o caminhão precipitou-se para a frente

ele então tirou o pé do acelerador e respirou profundamente

quando tentou de novo, teve mais cuidado e, dessa vez, conseguiu controlar o motor,

deu marcha a ré e saiu do pátio, então começou a dirigir como nunca antes, com uma prudência quase excessiva

mas, naquele momento, ele se sentia importante

podia ajudar as pessoas

podia ajudar pessoas que estavam sofrendo como ele tinha sofrido

e essa era a chance que Alá lhe dava, depois de muito tempo

quando chegou ao campo, freou e desligou o motor,

no final das contas, o caminhão não era incontrolável, como ele esperava,

ao contrário, depois que pegou o hábito, parecia até mais confortável do que um carro

mal saltou, o rapaz de antes correu a seu encontro e, logo, logo, lhe disse

com delicadeza, mas também com pressa de levar os feridos e os mortos... infelizmente, havia mortos, e era horrível, aqueles olhos fixos no vazio, abertos, aqueles rostos exangues, Ibrahim queria fechar aqueles olhos, como se isso levasse paz à alma daquelas pessoas, mas eram muitos, demais, era impossível fechar todos eles

eles se apressaram, e Ibrahim sentiu o coração apertado quando ouviu as crianças chorando,

algumas porque tinham as pernas quase separadas do resto do corpo, ou os braços, ou as mãos,

outras porque viam seus pais sendo colocados no caminhão, mas deviam ficar, deviam ficar

Ibrahim dirigiu com pressa, tentando lembrar-se do caminho para o hospital

o rapaz de antes estava ao lado dele e lhe disse:

— Minha irmã está lá atrás,

por favor, salve-a

por favor, salve-a

Ibrahim sentiu o coração ainda mais apertado,

pois aquele rapaz lhe falou com tamanho fervor, segurando as lágrimas

mas tentando parecer forte e invulnerável

Ibrahim viu a si mesmo anos antes, porque aquele rapaz não tinha mais do que cinco, seis anos a menos do que ele

Ele viu a si mesmo anos antes

A única coisa que lhe passava pela cabeça

era aquela eterna frase de seu pai, "ser homem",

e ele sabia que seu pai não lhe dissera aquilo para que se tornasse uma obsessão nem para lhe dar uma responsabilidade que ele nunca conseguiria assumir,

mas a frase acabou tornando-se uma obsessão, e ele estava enlouquecendo

viu-se com aquela idade

e entendeu como havia tido sorte

por encontrar pessoas que gostavam dele

e rezou para que aquele homenzinho também encontrasse alguém que gostasse dele e o ajudasse a enfrentar uma guerra grande demais,

grande demais para ele.

Finalmente, conseguiu chegar ao hospital; os enfermeiros vieram correndo, e todos os feridos foram retirados primeiro

então, foi a vez dos mortos

Ibrahim correu para dentro e procurou a sala para onde Mohammad os levara da primeira vez, entrou e encontrou tanto Mohammad quanto Ramy

— O que você faz aqui?

perguntaram eles

E ele explicou o que havia acontecido

Os dois saíram na mesma hora para ajudar, ele também

Quando Ibrahim encontrou o rapaz de antes, perguntou:

— Onde está sua irmã?

Ele o levou a uma espécie de ante-sala onde todos os feridos haviam sido acomodados, alguns no chão, alguns nas macas

O rapaz o levou a uma maca e lhe disse:

— É ela

Chama-se Ashgan

Ashgan sangrava muito e não tirava a mão do coração

Ibrahim percebeu que, provavelmente, não se poderia fazer nada

Era o mesmo ferimento de Engy

Quando a moça se virou, Ibrahim viu seu rosto e sentiu um soco no coração

Viu os olhos verdes, idênticos, até no formato, aos do irmão,

era uma cópia perfeita,

o lábio tenro e bem-desenhado,

o rosto oval, a pele lisa,
via-se, não era preciso tocá-la, que a pele era lisa
de uma criança, de seda vermelha
era uma pele macia manchada de sangue
as mãos de dedos longos e magros procuraram as do irmão,
o rapaz respondeu na mesma hora,
aproximou-se e lhe disse:
— Nós vamos conseguir, Ashgan, nós vamos conseguir
Ramy entrou apressado, foi até Ibrahim e olhou a moça
Disse que suas condições eram gravíssimas, foi o que disse,
e pediu que Ibrahim e o rapaz o ajudassem a levá-la para fora dali, ela precisava ser levada para a sala de cirurgia, mas os enfermeiros e os médicos estavam sobrecarregados de trabalho, chegavam cada vez mais vítimas de muitos vilarejos vizinhos
percebia-se claramente o avanço do inimigo
Ibrahim viu-se esperando, de todo o coração, que aquela jovem moça sobrevivesse
Era tão bonita, tão delicada, e, segurando seu corpo com as mãos, com os outros dois, ele percebeu como era magra, como era frágil
E pegou-se orando
Por um instante, chegou a fechar os olhos
depois os abriu de novo
eles chegaram à sala de cirurgia e a colocaram na maca, com a ajuda de Ramy
então

ele saiu da sala, olhou para o rapaz e perguntou como ele se chamava.

Ahmed, ele se chamava Ahmed

e, olhando para ele, Ibrahim sentiu uma enorme pena

a mesma pena que sentia de si mesmo,

e lhe disse, lhe disse:

— Ela vai conseguir, Ahmed, ela vai conseguir

sabendo que estava mentindo.

Ashgan morreu após algumas horas, durante a cirurgia.

Um médico saiu da sala, o rosto cansado, olheiras que lhe abatiam o rosto, indeléveis, arrastando as pernas, o olhar triste

Ahmed entendeu, entendeu porque logo ficou agitado

mas perguntou, perguntou logo:

— Então? então, Ashgan está bem? quando posso entrar para vê-la? quando poderemos voltar para casa? ela falou de mim?

— Ahmed

— Então, posso entrar? ela está bem, não? Posso...

— Ahmed, ouça...

— Eu preciso ver Ashgan agora, deixem-me entrar, por favor

— Senhor, ouça, eu lamento, nós tentamos...

— Não, não! Ashgan está ótima! Por que não querem me deixar vê-la? Ela me disse que não aconteceria nada, que ficaríamos sempre juntos! Não podem me impedir de voltar para casa com ela!

— Ahmed, acabou, vamos, Ahmed, por favor. Ashgan agora está em um lugar melhor, onde não sofre mais. Ashgan não abandonou você, Ahmed, vamos...

Lágrimas, soluços, desespero, dor

impotência

e Ibrahim o abraçou, abraçou-o forte

ele o conhecia há poucas horas, mas sentia necessidade de protegê-lo e um afeto que nunca havia sentido por ninguém, abraçou-o com toda força, acariciou sua cabeça, enquanto Ahmed deixava-se levar pelos soluços e o abraçava com tanta força quanto ele.

Ibrahim o abraçou, abraçou

porque sabia como havia desejado aquele abraço quando tinha a idade de Ahmed.

Ahmed não queria sair do hospital, durante a adolescência, tornara-se muito, muitíssimo próximo da irmã,

eles sempre moraram com o marido de Ashgan,

morto também durante a ocupação do vilarejo,

mas eram sozinhos desde que nasceram,

assim, agora Ahmed não tinha mais para onde ir, alguém para comunicar a morte de Ashgan, alguém com quem dividir a própria dor,

e Ibrahim não pensou nem por um segundo,

não pensou nem em pedir permissão a Mohammad,

ele já havia decidido

aquele rapaz não podia ficar sozinho

aquele rapaz tinha encontrado uma família

Ibrahim esperou que ele caísse no sono, então o colocou no caminhão, com a ajuda de Ramy,

e pediu que o amigo avisasse a Mohammad que ele tinha pegado o caminhão para voltar para casa

e que levava junto um rapazinho

Dirigir o caminhão não representava mais um problema, duas viagens foram o suficiente para que ele se acostumasse

Atravessou o vilarejo com um olho na estrada e outro em Ahmed,

ao chegar em casa, levou Ahmed até seu quarto e deitou-o na cama

voltou para a sala e sentou-se.

Pensou em Ahsgan, na beleza de seu rosto,

pensou em quanto aquela mulher devia ser importante para Ahmed,

e sentiu uma espécie de melancolia aguda e profunda invadir seu coração, sua mente,

tentou sair dela, afastar-se dos sentimentos

porque os sentimentos ferram com a gente, ferram com a gente,

mas não conseguiu,

pensou em Ashgan, e em Ahmed, e em Riham, que, naquela noite, havia chorado por ele

e que agora estava sabe-se lá onde, com um perdido e impotente Jihad

e sentiu não só melancolia, mas também tristeza e um sentimento de culpa

passou a tarde toda pensando, dormindo, lendo o Alcorão,

sem ter forças para sair

então, finalmente chegaram Ramy e Mohammad,

Ahmed ainda dormia

quando seus amigos chegaram, preparou um chá e ficaram falando de Ahmed

Ibrahim explicou o que ele passara desde que saíra de casa

falou sem parar por meia hora, então calou-se, cansado e triste,

olhou Mohammad nos olhos, perguntou se Ahmed poderia ficar ali,

e Mohammad respondeu que o rapaz podia ficar sem problemas, pelo tempo que quisesse,

que, aliás, eles tinham o dever de ajudá-lo

Ibrahim sentiu que sua estima por Mohammad crescia até mais não poder, colocou uma mão no ombro dele e apertou-o em sinal de afeto

mas, de repente, ouviram a voz de Ahmed, dura e irritada

viraram-se rapidamente e viram o rapaz de pé na entrada da sala

dizendo que não, obrigado, mas não ficaria com eles, que precisava ir para a casa da irmã

que Ashgan o estava esperando

Ibrahim pediu que se sentasse, falou com ele, buscou o apoio de Ramy e Mohammad, que falaram docemente com Ahmed

sua irmã não está mais, não está mais aqui

você precisa aceitar, precisa aceitar, sabemos que é difícil, mas precisa aceitar isso

Até pouco tempo antes, Ibrahim pensava que não sentiria uma dor mais forte do que aquela que já havia sentido

contudo, naquele momento, o desconforto e a raiva, a dor e a saudade

cresceram,

quanto mal ainda podem nos fazer?

Quanto ainda podem destruir,

quantos ainda podem matar,

quando isso tudo irá acabar?

Chegará um dia em que não haverá mais nada para destruir,

mais ninguém para matar,

então, talvez, eles parem

então, talvez, termine.

— Ibrahim, é verdade que ela morreu? É verdade que acabou?

Ibrahim... acabou?

— É, Ahmed. De certa maneira, acabou.

Naquela noite, Ibrahim leu o Alcorão em voz alta, enquanto Mohammad e Ahmed permaneciam com a cabeça baixa, absorvidos pela oração, repetindo mentalmente as palavras proferidas por Ibrahim com sua voz profunda.

Ramy os observava, rezava sozinho, não importava que fosse de outra religião, não importava que sua Bíblia não dissesse exatamente as mesmas coisas que o Alcorão, naquele momento, eram apenas fiéis invocando o auxílio do mesmo Deus, de um só Deus, pedindo que toda aquela dor acabasse, pedindo paz.

Ouviu-se um barulho na porta. Ibrahim parou, Mohammad levantou-se de um salto, mas Ibrahim foi mais rápido do que ele e correu para a porta.

Mal chegou à entrada, parou de susto

— Riham!

— Ibrahim...

— Riham! Jihad! Vocês voltaram! Riham, venha cá!

— Ei... devagar, devagar! Eu... nós...

— Desculpe, desculpe, desculpe! Foram as piores vinte e quatro horas da minha vida! Riham, o erro foi meu, meu, desculpe-me, por favor, perdoe-me, algum dia poderá me perdoar? Riham, eu... sem você, sem vocês, não posso nem pensar em viver...

— Ibrahim, é claro que eu perdôo você, é claro que... e pensar que vim aqui para lhe pedir desculpas. Quer dizer, eu... tem razão, você tem razão, pode fazer o que quiser, e eu não só sou uma doida furiosa, como não tenho nenhum direito de lhe dizer o que fazer e o que não fazer, desculpe...

— Não, não, não! Você tem todo o direito de gritar comigo e de me dizer o que fazer, Riham, ouça, o erro foi meu e pronto! Não farei mais isso, nunca mais, eu lhe prometo! Diga que você sempre irá se preocupar comigo e que sempre gritará se eu chegar tarde sem avisar!

— Ah, não, eu quero me desculpar por levantar a voz e...

— Não vão brigar por quem está errado e quem tem razão!

— Mohammad! Venha cá. Ficamos fora só um dia, mas parece que não vejo vocês há um mês. Mas onde está o Ramy?

— Ramy, oi. Ei... Aconteceu alguma coisa enquanto estávamos fora?

— Bem, aconteceu. Este é o Ahmed. Eu o encontrei no campo vizinho, eles vinham de um vilarejo ocupado.

— Oi! Eu sou Riham, e ele é meu irmão, Jihad. Jihad, aproxime-se, apresente-se!

— Oi... oi, Ahmed.

— Oi... vocês são amigos do Ibrahim?

— Somos, e do Ramy e do Mohammad. Mas quantos anos você tem?

— Dezoito.

— Como você é jovem. Bem, precisávamos de uma pessoa jovem aqui dentro. Quer dizer, estamos todos na casa dos vinte, mas somos tão chatos...

— Riham, onde vocês estiveram?

— Ah, um pouco por aí. Passamos a noite em um campo de refugiados. É uma loucura, as pessoas morrem, as pessoas sofrem, mas não desistem nunca de ajudar os outros. Eu senti tanto orgulho de ser uma palestina. Mas eu tinha que deixar a raiva passar. Dessa vez, Ibrahim me deixou realmente furiosa.

— Bem, Ibrahim, você não imagina que dia! Ela passou o tempo todo xingando você e, no final, sentou no chão e começou a chorar.

— Cala a boca, Jihad!

— Vamos, Riham, não está com vergonha de confessar que você começou a chorar e disse que gosta muito...

— Venha cá! Desgraçado!

— Olhe só, seus gritos fizeram falta, Riham...

— Desculpe, mas o que você queria dizer, Ramy?

— Ah... nada, nada. Por que não faz um jantar para nós?

— Mal cheguei, e já me tratam como uma escrava. Não sei se fiz tão bem em mudar de idéia...

Eles sorriram, Riham foi para o quarto que Mohammad tinha lhe deixado desde que ali chegaram, arrumou suas coisas e voltou para a cozinha, para fazer o jantar.

Jihad se sentou com outros homens e, após alguns minutos de conversa, voltaram a ler o Alcorão.

Mal acabaram, puxou Ibrahim para um canto e pediu que lhe contasse sobre Ahmed. Assim, Ibrahim contou a história dele.

Foi o início de um período feliz. Ahmed se integrou bem e rápido, tornando-se o brincalhão que gozava da cara de todos, perturbava Riham por cada coisa e inventava pegadinhas junto com Mohammad.

Ibrahim arrumou emprego em um açougue e recuperou seu bom humor. Saía de manhã e voltava de noite, jantavam todos juntos e, então, tomavam o chá contando o que haviam feito durante o dia.

Jihad tinha começado a ir ao hospital com Ramy e Mohammad, mas Riham não ficava em casa sozinha, pois Ahmed estava com ela.

Ninguém brigava mais com ninguém, as cicatrizes começavam a se fechar

Ahmed pensava em Ashgan todos os dias, e às vezes sua voz se entristecia, e seu rosto ficava sério, e seus olhos perdiam a luz,

aqueles momentos podiam durar um instante ou todo um dia

Ibrahim sabia que era apenas questão de tempo,

tentava despertar o interesse de Ahmed por alguma coisa que o impedisse de pensar no passado

de se machucar tanto,

mas parecia que nem a fé, nem o trabalho, nem o afeto, podiam fazer muito

Ibrahim tinha compreendido que era a nova geração,

que todos cresciam assim, tomados pela dor e pela raiva, e era hipócrita e injusto criticá-los quando jogavam pedras ou se matavam para se tornar *shuhada*, mártires, era muito injusto

como poderia ele, Ibrahim, um dia, criticar Ahmed pela violência que, com certeza, no futuro, ele demonstraria contra os israelenses?

É muito fácil criticar aqueles que fazem uso da violência

esquecendo que, antes, eles foram vítimas de pessoas violentas,

que eles usam a violência para aliviar a raiva que nasceu neles em razão das violências sofridas,

é o ciclo da violência
difícil de interromper
talvez impossível interromper
mas há realmente tanta vontade de interrompê-lo?
Há interesse em interrompê-lo?
Ibrahim perguntava-se isso muitas vezes e concluía sempre que a armadilha da violência
era confortável para muitos
para que pudesse ser interrompida, um dia.

Às vezes, quando seu ódio contra o inimigo tornava-se agudo, quase violento, ele pegava o Alcorão e pregava a seus amigos:

"Ó, israelitas, recordai-vos das minhas mercês, com as quais vos agraciei, e de que vos preferi aos vossos contemporâneos." (Surat 2, Al-Baqara)

Ele os liberou e salvou, e é assim que eles agradecem? Matando seus filhos? Eles são pecadores!

Naqueles momentos, Ibrahim levantava a voz, seus olhos brilhavam, e ele se agitava de fúria, sem perceber que era tão parecido, praticamente igual, a seu pai, e também sem notar a voz tremulante

Os outros tinham quase medo, mas o ouviam como se hipnotizados

Ele tinha uma força quase magnética, sua voz atraía a todos.

A guerra continuava
Era o ano de 1996,
a colonização judaica continuava e
em abril, no Líbano, houve um massacre de civis em Qana.

Ibrahim lia nos jornais como o número de vítimas palestinas crescia,

como as colônias judaicas aumentavam,

como eram construídos quilômetros e quilômetros de estradas para uso exclusivo dos colonos e do exército,

como, na Cisjordânia, milhares de hectares de terra eram desapropriados por Israel.

Um dia, Ahmed chegou em casa furioso e indignado, dizendo que

era óbvio que faltava água para eles sempre, era óbvio,

ele tinha lido que, em Gaza, os seis mil e quinhentos judeus dos acampamentos consumiam, cada um, sete vezes a água consumida por cada um dos um milhão e duzentos mil palestinos.

Mas os garotos começavam a pensar menos na guerra e mais nas vítimas, uma forma de se defender da dor, e cada um se concentrava em sua própria vida.

Ibrahim começou a escrever, não sabia exatamente qual era seu objetivo e não tinha uma história clara em mente, mas o que lhe parecia importante era desabafar os próprios sentimentos e as próprias angústias do dia-a-dia, para não ser descortês e agressivo com os outros.

Ele começava a sentir falta de Nedal, de sua presença sábia e intensa, de sua pureza, de sua experiência, e do imutável e incondicional afeto que sempre havia dedicado a ele, tratando-o como um irmão e dividindo com ele cada momento, cada situação, cada pensamento.

Ahmed tinha encontrado em Riham algo da irmã, e os dois se tornaram muito próximos: ele agora aceitava críticas e conselhos com mais condescendência.

Durante os meses do Ramadã daquele ano, jejuaram todos juntos, e Ramy quis jejuar com eles, embora não fosse muçulmano.

Foi um período muito bonito: passavam muito tempo orando, lendo o Alcorão, discutindo, sempre em tom pacato.

Ahmed começava a ter mais confiança na vida, e conseguiu recuperar até a confiança em Deus, a qual parecia ter perdido, nos primeiros momentos,

e parou de culpar Alá pelo que lhe havia acontecido

e de achar que a fé não servia para enfrentar os problemas.

Ibrahim achava que Ahmed estava desenvolvendo um modo de pensar e de ser todo seu, e orgulhava-se dele como de um filho, ainda que tivessem apenas sete anos de diferença.

Ibrahim, naquele período, escreveu:

"Começo a pensar que as ilusões, no fundo, são um bom substituto para enfrentar esta situação. Tendemos a nos relacionar muito bruscamente com a realidade, às vezes, e saímos feridos: talvez a busca pela verdade nem sempre seja o melhor. Neste momento, em especial, percebo como pode ser reconfortante ter ainda sonhos e esperanças: as pessoas que me cercam os usam quase como uma barreira de proteção. Se, por um instante, tento esquecer que nosso país foi invadido por um povo de usurpadores e que minha gente morre a ritmos prementes e incessantes, se tento esquecer que o mundo assiste como espectador passivo ao que nos acontece, que as pessoas se esqueceram de nós, se tento esquecer que alguém está nos tirando o ar que respiramos e o coração que nos mantém vivos, se tento esquecer tudo isso, as coisas parecem ir bem. Desenvolvi uma estranha espécie de resignação, a qual tento disfarçar, com medo de que possa contagiar os outros, e parei de pensar que seja possível combater os inimigos em nome da Jihad. Talvez estejamos condenados a sofrer por toda eternidade, talvez o destino do nosso povo não seja ter uma terra, talvez não esteja escrito em nenhum lugar que vingaremos as maldades sofridas: então, o único consolo é a vida posterior, o paraíso, que só Alá nos dará. Confesso que, assim, a guerra perde seu significado, e a única coisa que me interessa é ganhar um pequeno espaço ao lado do Senhor, junto aos *shuhadas* e às crianças e mulheres assassinadas."

— Ibrahim...
— O quê, Riham?
— Sinto muita falta de Nedal. Penso nele sempre.
— Eu também.
— Acha que ele volta?
— Não sei... não sei.

Ramy começou a chegar tarde todas as noites; saía do hospital, mas não voltava direto para casa,

ninguém sabia exatamente para onde ia
e ninguém tinha coragem ou ousadia para perguntar
um dia, ele chegou em casa muito feliz, trocou-se rápido e, então,
saiu de novo, dizendo que não o esperassem para o jantar
Ele também parecia lunático,
alternava momentos de incompreensível euforia
e outros de melancolia e eterna tristeza
todos paravam de falar assim que ele entrava em um cômodo
ou expressavam desconforto e constrangimento
Ele parecia outra pessoa,
às vezes estava feliz e simpático, contava piadas e divertia o grupo
mas também conseguia ser insuportável, fazia bico
e tratava mal qualquer um que tentasse falar com ele

Uma noite, Ibrahim decidiu conversar sobre o assunto com os outros, aproveitando sua ausência

— Pessoal, eu queria falar do Ramy. Ele não está se comportando de um jeito meio estranho?

— Ramy? Por quê? O que houve? Ele me parece normalíssimo!

— Pare de brincar, Ahmed. É importante.

— Ibrahim tem razão, é uma situação insuportável. Precisamos entender o que está acontecendo.

— Riham, eu acho que não. Quer dizer, é a vida dele. Só porque vivemos na mesma casa, não significa que temos o direito de saber aonde ele vai e o que faz! Enfim, ele tem 22 anos, não é uma criança, não?

— Não, Jihad, está errado. Precisamos entender o que está acontecendo com ele, pode ser algo grave. É nosso dever!

— Mohammad, você diz isso porque...

— Eu digo isso porque o conheço há quatro anos! Eu me preocupo com ele, só isso! Não quero meter o bedelho em sua vida particular, mas ele é como um irmão, ou melhor, é meu irmão, somos todos irmãos. Eu acho que temos que descobrir o que está acontecendo com ele.

— Então, vejo que a maioria concorda. Assim, amanhã, sairei mais cedo do açougue e irei ao hospital, esperar ele sair. Em geral, ele sai lá pelas cinco, não é? Pronto, eu o espero lá fora e aí... enfim, aí...

— Aí o quê, Ibrahim? Você tem noção do que está dizendo? Quer segui-lo! Não tem esse direito!

— Ahmed, pare. Estamos fazendo isso pelo bem dele. Então, ei... bem, eu o sigo e vejo aonde vai. Se descobrir que vai ao café jogar xadrez ou à casa de algum amigo, volto para o açougue, e a coisa termina ali. E, se for alguma outra coisa... bem, veremos o que fazer.

— Não, não e absolutamente não! Ibrahim, não percebe como é desonesto e imoral o que quer fazer? Se insistir, serei obrigado a...

— Obrigado a...? O que quer fazer, desgraçado?

— Bem... serei obrigado a contar ao Ramy o que estão tramando pelas costas del...

— Safado! Vem cá! Eu te... eu te mato!

— Socorro, segure-o, Mohammad! Aaah! Ele vai me matar de verdade. Riham, por favor, diga alguma coisa!

— Mohammad, solte-me agora mesmo!

— O que quer fazer?

— Quero dar a ele o que merece... vou ensiná-lo a...

— Você não me ensina é nada! Não é meu pai nem meu irmão, não tem nenhum direito de me ensinar...

— Idiota! Você é um garotinho mimado e nojento! Como ousa? Sou muito mais velho, você me deve respeito! Venha cá. Mohammad, eu disse para me soltar! Solte, preciso matá-lo de porrada!

— Mohammad, por favor, segure-o!

— Peça desculpas! Mal-educado insolente! Peça desculpas imediatamente! Jure que não dirá nada ao Ramy, senão juro por Deus que quebro seus bra...

— Agora pare, Ibrahim, está exagerando!

— E você não se meta, Riham. Ahmed, peça desculpa.

— Desculpa por quê? Eu faço o que quiser e... está bem, está bem! Por favor, não me bata! Está bem, está bem, não contarei nada ao Ramy, ficarei calado e serei educado!

— Mmm... é assim que se educa um safado como você. Bem. Agora, que todos concordam, eu diria que podem voltar ao trabalho. Amanhã descobriremos o que está acontecendo com Ramy.

No dia seguinte, Ibrahim tirou uma hora de folga e, como havia dito, ficou na porta do hospital esperando que Ramy saísse, escondendo-se bem atrás de uma cabine telefônica

Ramy saiu na hora de sempre e olhou em volta

Ibrahim escondeu-se melhor atrás da cabine, enquanto ficava cada vez mais nervoso

E se Ramy o tivesse visto?

Se o tivesse percebido?

Qual teria sido sua reação?

Ele também teria ido embora, como Nedal?

Ou teria simplesmente partido em pedaços uma relação tão bonita?

Quando viu Ramy correr na direção do ponto de ônibus, recuperou-se dos pensamentos e apressou-se a segui-lo

Foi tomado pelo pânico assim que percebeu que Ramy subiria no ônibus

Como ele subiria junto sem que o amigo o visse?

Decidiu que tentaria tudo, enfiou melhor o boné na cabeça, na esperança de que lhe escondesse ao menos parte do rosto,

e caminhou a passos lentos, de modo a manter sempre uma distância de ao menos dez metros

Quando o ônibus chegou

esperou Ramy subir, deu um pulo rápido, e subiu também

Ramy foi para o fundo e sentou-se em um dos últimos bancos, e Ibrahim ficou na frente

Atravessaram algumas colônias judaicas, cheias de vida, com lojas, jardins, pessoas comprando, entrando e saindo das lojas, crianças andando de skate, casais nos restaurantes, famílias nas ruas. Ali, a guerra parecia um acontecimento distante, uma palavra sem peso, um problema que não dizia respeito a eles.

As pessoas se vestiam bem e tinham cara de quem tem muito dinheiro, saúde, poder

quase não parecia verdade que, a poucos quilômetros de distância, houvesse vilarejos tão pobres, onde as pessoas sofriam e morriam de fome, de frio ou, pior ainda, atingidas por balas de fuzil

não parecia verdade que o bem-estar daquelas pessoas e a pobreza de um povo lacerado pelas feridas e pela dor pudessem coexistir

Ibrahim estava tão submerso em seus pensamentos que quase não viu Ramy apressar-se para saltar

Assim, também desceu correndo e, puxando o boné para o rosto, observou Ramy

Seu comportamento parecia estranho,

checava cada esquina como se esperasse que alguém o seguisse, esfregava as mãos, coçava o queixo

Ibrahim teve medo de que Ramy tivesse percebido que estava sendo seguido e virou-se e começou a andar na direção contrária

virou a esquina, então parou e esticou a cabeça, para ver se Ramy ainda estava olhando para trás,

mas Ramy não estava mais lá

Ibrahim entrou em pânico,

começou a olhar freneticamente em todas as direções, então finalmente percebeu o amigo no fundo de uma rua

correu para alcançá-lo

seguiu-o por duzentos, trezentos metros

e Ramy entrou em um bar,

Ibrahim rapidamente o seguiu,

entrou também no bar

havia luzes psicodélicas, moças vestidas com poucas roupas, e rapazes fumando e bebendo

Ibrahim olhava ao redor, estupefato e curioso

nunca teria imaginado que, a poucos quilômetros de onde morava, houvesse um lugar tão diferente de todos os lugares que ele e seus amigos freqüentavam,

de fato, ao ver as drogas, o álcool, rapazes e moças em todas as combinações possíveis,

rapaz-moça, rapaz-rapaz, moça-moça, rapaz-moça-rapaz, e por aí vai

Ibrahim sentiu crescer dentro de si um profundo desprezo por aqueles garotos que tinham perdido a direção

e, com certeza, também a religião

no entanto, ele havia perdido Ramy

olhou em volta até vê-lo, um pouco mais à frente, com uma moça judia

alta, muito magra, saia curta e camiseta justa, muito maquiada

cabelos curtos, ruivos, evidentemente pintados e cheios de gel

Ibrahim não gostou; ela tocava em Ramy com muita cara-de-pau

era inacreditável que Ramy deixasse que uma garota lhe tocasse daquela maneira,

e quando ela lhe passou alguma coisa para fumar, devia ser maconha, por um instante, temeu que o amigo, que ele conhecia tão bem, ou melhor, que acreditava conhecer tão bem, aceitasse

por sorte, no entanto, Ramy recusou o cigarro com um gesto seco, pegou a moça pela mão e arrastou-a em direção ao que devia ser a porta dos fundos

Ibrahim os seguiu para fora do bar

Viu-se em uma rua deserta, e os dois estavam a pouca distância dele

Ibrahim correu para se abaixar atrás de um cesto de lixo

os dois conversavam animadamente, mas em inglês

Ibrahim esforçou-se para entender, apelando ao inglês que aprendera na escola

— Sarah... finalmente vejo, falo com você... não sabe quantas saudades eu senti, nesses dias! Eu me sentia como um animal enjaulado. Diga-me, como você está?

— Como sempre, Ramy. Cansada, deprimida. Resignada. Às vezes, pergunto-me como você consegue ficar com alguém como eu. Quer dizer, você é uma pessoa tão... tão boa, doce, inteligente, profunda, enquanto eu, eu não tenho nada para lhe dar. Sou apenas uma garota perdida.

— Não, não fale assim. Você tem muito para me dar, você é única, de verdade. É por isso que eu gostaria de passar o resto da vida com você.

— Como? O que quer dizer com isso?

— Bem, eu... sabe, eu não agüento mais esses encontros clandestinos, começo a sentir necessidade de poder ver você, abraçar você, todos os dias e... ah, enfim. Tenho um amigo em Khan Yunis que me propôs morar lá. Ele irá para o Cairo e nos deixará o apartamento. Quero que você vá comigo.

— Ir com você? Eu e você sozinhos?

— É. Quero casar com você e fazer de você minha mulher, e ter o direito de morar com você, mas, para isso, temos que ir embora daqui. Então?

— Acho que você é doido! Khan Yunis, não sei nem onde fica! Depois, o que vou dizer aos meus pais... não, Ramy, eu te amo, mas você está delirando! Como podemos ir morar juntos? Depois, você não mora com seus amigos?

— Moro, e adoro todos eles, mas tudo parece tão provisório! Um dia, um vai embora, depois, dois brigam, parece que a amizade não basta mais para nos manter juntos. Talvez seja a tensão, talvez, o medo. Mas eu quero ir embora com você. Desculpe, pensei ter entendido que seus pais são liberais. Não pode dizer que vai viajar com uns amigos e pronto?

— Ah, por favor! Que amigos? Ramy, você está querendo me criar confusão... de onde tirou essa idéia de Khan Yunis? Talvez você não se dê conta da seriedade do que está dizendo. Você arma uma bomba e fica irritado porque não digo correndo que sim. Ora, coloque-se no meu lugar!

— Por quê? Acha que para mim é fácil? Estou pedindo para ir embora comigo justamente porque não agüento mais esta situação! Você não pensa nisso? Em como seria bom? Eu e você, sozinhos, sem nenhum empecilho, sem cuidado ou medo, sem subterfúgios... Pense nisso, em como seria bom acordar de manhã e olhar nos olhos um do outro, sabendo que finalmente somos livres!

— Não sei, não sei. Por favor, Ramy, não me enlouqueça. Não estou dizendo que não o amo o bastante para ir embora com você, só que está pedindo uma coisa séria e importante, não posso decidir assim. Dê-me tempo para pensar. Só um tempo.

— Está certo. Tudo bem. Mas será uma espera longa e dolorosa, Sarah.

As pessoas acham que constroem a própria serenidade em torno de certezas
tão sólidas, tão estáveis
e, quando desmoronam,
porque, cedo ou tarde, desmoronam,
e, quando desmoronam,
a volta brusca à realidade
sensações ardentes, que atingem a alma indefesa
que já se iludia de ter encontrado a paz
o brusco retorno à realidade,
Ibrahim se sentia um idiota, como pôde não ter visto
Como pôde não ver que Ramy tinha se apaixonado
era o amor que o havia transformado
era por causa daquela garota que ele voltava para casa sempre de humor alterado,
e ele não tinha percebido
mas, na verdade, o que mais o entristecia era saber
que aquela era uma história de amor impossível,
que eles encontrariam inúmeras dificuldades,

que aquela era uma história de amor impossível,
e Ramy sofria
e sofreria
no fundo, ele também sabia como seria difícil superar os obstáculos intransponíveis
ele também sabia que tinha se apaixonado por uma mulher com quem nunca poderia se casar,
e esse era outro aspecto injusto daquela guerra e do ódio entre os dois povos
Ibrahim tinha percebido o desespero na voz de Ramy,
a impotência, a raiva
de um homem que ama
mas que encontra obstáculos ao próprio amor
era tão triste que dois garotos tão jovens e apaixonados não pudessem se amar livremente
mas o amor também nasce onde há guerra, o amor é a flor que cresce na terra árida e desolada,
porque o amor é esperança,
mas onde está a paz?
Aceitem-na,
aceitem viver em paz com seus irmãos,
ou israelenses, ou palestinos,
ou filhos de um mesmo Deus,
mas onde está a paz?
a paz? Ibrahim sabe perfeitamente que o governo israelense não pode querer a paz, porque a paz quer dizer negociações, quer dizer compromissos, quer dizer interesse e quer dizer humanidade e sensibilidade, mas os israelenses querem terras, todas, querem sua terra de Israel, querem realizar sua utopia da Grande Israel, não

se contentam em deixar que os palestinos criem seu estado, nunca respeitaram os acordos, estão tentando tomar tudo, tudo, Deus, o mundo não percebe, como pode não perceber, pergunta-se Ibrahim, e uma voz dentro dele responde que o mundo não quer perceber, há tempos tomou uma decisão, a decisão é fingir que nada acontece e desviar o olhar, decidiram deixar que os israelenses façam o que quiserem, escolheram a guerra, escolheram a morte, escolheram abandonar um povo desde sempre negligenciado, Ibrahim sabe o que irá acontecer, este é o segundo genocídio da história, os detentores do poder, os principais responsáveis por essas mortes, não aceitaram aprender com a dor, não, decidiram torturar um outro povo, assim como foram eles torturados, decidiram fazer pessoas desesperadas, desafortunadas, pagarem por seu sofrimento, pessoas que perderam tudo, menos uma única coisa, a fé, e é por isso que são criticadas, porque deram um nome à guerra, a Jihad, porque decidiram não perder a fé em Alá, e é por isso que são criticadas, e assassinadas, e atormentadas, e é isso, campos de concentração, não, não procurem-nos com os olhos, não conseguirão vê-los, esses campos só estão nas cabeças daqueles judeus que sustentam um governo-mentira, que recriam as loucuras de um chanceler alemão nas mentes daqueles judeus que parecem representar todos os judeus do mundo, ainda que não seja assim. Ibrahim sabe, acredita, espera que não sejam todos assim, um povo não pode ser todo assim. Há gente que ainda acredita, que não esconde a tragédia atrás de ilusões, mas encara a realidade de frente, como aquela mulher, aquela mulher que ele viu certa tarde pela televisão, na casa de seu vizinho Riad, aquela mulher que, em nome da comunidade judaica sueca, com uma mão no coração, declarava que o governo de Israel não os representava, que eles protestavam pela violência usada contra os palestinos, que eram judeus, mas que nem todos os judeus amaldiçoavam os palestinos e nem todos queriam sua destruição. Pronto, então aqueles poderosos não representam a vontade de cada judeu do mundo, mas têm o poder de fazer crer nisso, o poder, eles têm os campos de concentração na mente, mas não os constroem de verdade e jogam os palestinos dentro porque as câmeras hoje chegariam até lá e porque o mundo, àquele ponto, seria obrigado a acordar do maldito torpor em que está afogado, o torpor que o levou a aceitar esses mortos, porque o mundo seria obrigado a acordar, Deus, não se faz paz com os mortos —

Ibrahim sabia que o resto do mundo pensava como cada israelense

era por isso que havia tentado fazer os próprios amigos entenderem que deviam tomar cuidado,

cuidado com seus sentimentos,
por Deus, cuidado com o amor,
o amor,
porque ele os faria sofrer,
mais cedo ou mais tarde
antes ou depois
como agora.

Ibrahim repensou, voltando para o açougue, nos cabelos
curtos e vermelhos
curtos e vermelhos
E na pobre e apaixonada Sarah
E no pobre e apaixonado Ramy
Em Ramy
E nos cabelos curtos e vermelhos
Nos cabelos curtos e vermelhos
Nos cabelos curtos e vermelhos
Até que percebeu que todo aquele vermelho que via
não vinha do cabelo daquela moça
mas de seu sangue.

— Ibrahim! Que diabos fez na sua mão? Veja quanto sangue! Jihad! Traga o algodão, o... ah, meu Deus... a gaze, o desinfetante! Rápido! O que aconteceu com você?

— Não se preocupe, Riham, é só um pouco de sangue.

— Como, "não se preocupe"? Veja quanto sangue... é um corte muito fundo... como você fez isso?

— Ah, santo Céu! O que está acontecendo? Ibrahim!

— Não se preocupe, Mohammad, não aconteceu nada.

— Foi algum soldado? Encontrou alguém? Machucaram você? Olha que coisa! Meu Deus, Ibrahim, está doendo?

— Calma, Mohammad, calma. Tudo bem... não encontrei soldado nenhum... E segure a Riham, senão ela desmaia. No açougue, estava absorto pelos meus pensamentos, e cortei o dedo, em vez da carne!

— Ah, santo Céu! Mas não o cortou fora?

— Imagina, cortar fora! O que está dizendo, Riham? É só um corte profundo, mas o dedo ainda está aqui, por sorte.

— Ei, Ibrahim, então, você foi? Por acaso não aconteceu alguma coisa enquanto o seguia?

— Ssst, idiota, quieto! Não está vendo que o Ramy está na sala? Quietos, quietos, estão vindo...

— Ibrahim! Meu Deus, o que aconteceu?!

— IBRAHIM!

— A mão! Ah, meu Deus!

— Calma, calma. Jihad, Ramy, Ahmed... fiquem calmos. Eu me cortei no açougue, mas agora estou bem, de verdade. Chega de band-aid, senão vou ficar com a mão enfaixada, mas eu estou bem, de verdade, não se preocupem.

— Meu Deus, é um corte enorme! Como diabos conseguiu fazer isso?

— Eu estava distraído enquanto cortava a carne...

— Distraído? Você é um grande imbecil! Como pode cortar a carne distraído? Então vamos cortar as unhas distraídos, também, assim arrancamos o dedo fora!

— Pare com o sarcasmo, Ahmed!

— Bem, no fundo, ele não está tão errado... como alguém trabalha em um açougue e se distrai enquanto corta a carne?

— Cale-se, Jihad! Trouxe o algodão, o desinfetante e a gaze?

— Trouxe, tome.

— Muito bem. Venha, aqui, Ibrahim. E vocês, abram espaço. Saiam. Pronto, sente-se aqui. Vejamos... puxa, quanto sangue. Tem que lavar primeiro. Nem se vê o corte... ouçam, Ramy, Ahmed, podem me fazer um favor? Anotei algumas coisas que precisamos comprar para esta noite, não temos quase nada na cozinha. Ibrahim, pode dar dinheiro a eles?

— Ah, dinheiro, dinheiro. Eu dou meu sangue no trabalho, e vocês vêm me falar de dinheiro. Então... pronto, tome, Ramy.

— Ouça, Riham, mande seu irmão ir com o Ahmed, eu estou muito cansado...

— Preciso do Jihad para outras coisas! Ande, vá, Ramy, todos têm que ajudar!

— Está bem. Venha, Ahmed. Vamos. Aqui nos tratam como escravos, mesmo...

— Deus, como estou cansado. Hoje, no açougue, Sayd se esqueceu de... Mohammad, eles saíram?

— Saíram, tudo tranqüilo. Espere, vou pegar uma cadeira. Pronto. Agora conte, o que aconteceu? Estamos esperando o dia todo.

— Esperem por mim, também quero saber. Um minuto, que... pronto... vai, Ibrahim, estou aqui.

— Jihad, por que não vai descascar as batatas?

— Sssst, Riham. Quero saber o que aconteceu com o Ramy. E então?

— É o seguinte... então... ele... eu... isto é...

— Bem? Pode-se saber o que Ramy anda aprontando esses dias? Vamos, não nos deixe esperando!

— Bem, na verdade... eu...

— O que deu em você? Vai nos contar ou não até onde o seguiu?

— A lugar nenhum! Às cinco, eu estava na porta do hospital, ele saiu, pegou o ônibus e... é isso...

— Sim?

— Ele saltou em um vilarejo não muito distante, onde mora um amigo dele... Yuri... Youmi... Youl... Yous...

— Yousef? Yousef, talvez?

— Isso, muito bem, Mohammad, Yousef! Nada, ele entrou na casa, os dois logo saíram e foram a um café, jogaram cartas, tomaram um chá, conversaram... e...

— E?

— E chega! Depois Ramy pegou o ônibus e imagino que tenha voltado logo para casa, e eu fui para o açougue.

— Mas a que horas ele pegou o ônibus para voltar para casa?

— Deviam ser umas seis, mais ou menos. Talvez seis e meia. É, seis e meia, mais ou menos.

— E ele chegou em casa antes das sete, então é impossível que tenha ido a qualquer outro lugar. Estranho. Talvez tenha percebido que você o estava seguindo e quis mudar de programa para enganá-lo! Talvez não estivesse indo à casa do Yousef, mas, quando viu você, improvisou uma visita ao amigo!

— Não fique conjeturando, Riham. Não, não, tenho certeza de que ele não me viu, eu tomei muito cuidado, e se ele tivesse me visto, eu teria percebido. Acredite, ele não me viu.

— Estranho, Ibrahim. Eu também estava convencido de que alguma coisa estava acontecendo, e pensei que hoje teríamos descoberto a verdade, mas em vez disso... não sei. Eu poderia tentar segui-lo amanhã e ver se vai à casa do Yousef de novo.

— Não! Quero dizer... não... não, Mohammad, deixe isso pra lá, de verdade. Eu vou falar com ele, contar que notamos que ele está mudado e que talvez esteja acontecendo alguma coisa, e pedirei para me explicar o que anda aprontando esses dias.

— Não, Ibrahim! Assim ele irá levantar a guarda, encontrar uma desculpa qualquer, e perderemos a possibilidade de saber a verdade.

— Não, não se preocupe, Riham. Depois, estou começando a mudar de idéia. Afinal de contas, podemos ter interpretado mal seu momento de confusão.

— Não sei, Ibrahim, talvez Riham tenha razão.

— Não, Mohammad, eu garanto que está tudo normal. E a melhor coisa a fazer é confiar nele. No fundo, é o nosso Ramy, aquele que conhecemos e que amamos. Falamos dele como se fosse um estranho, um garoto que não conhecemos. Se for alguma coisa importante, ele irá nos dizer.

— Mas... eu não tenho tanta certeza.

— Está bem, Riham, vamos confiar no Ibrahim. Jihad, não vai dizer nada?

— Não, é que... não sei, eu pensei que hoje descobriríamos alguma coisa. Em vez disso... não sei...

— Confie em mim, pessoal: eu vou falar logo com ele.

Ibrahim engoliu, sentiu, duro e opressor,

o peso daquela mentira

o peso daquela mentira

que pesava em seu coração e quase lhe tirava a respiração

A angústia era esmagadora

a raiva e a dor se fundiam

em uma única força destrutiva

mal conseguiu se livrar de seus céticos companheiros

Ibrahim saiu para tomar um pouco de ar,

o vento gélido batia em seu rosto, as lágrimas se enxugaram, acariciadas pela brisa noturna

mas não desaparecia seu tormento, seu sofrimento

e, principalmente, sua cólera

sentia-se em parte responsável pelo que Ramy estava fazendo

talvez por ser o mais velho, Ibrahim se sentia quase sobrecarregado pela responsabilidade

que tinha para com todos os outros

era um fardo pesado demais para um rapaz de 25 anos,

mas a educação que recebera o tornara sério e consciencioso,

talvez até demais

alguém que se atormenta com os erros dos outros,

ou ao menos aqueles que ele vê como erros,

e sentia-se ao menos tão culpado quanto eles

agora sabia que perdera a possibilidade de enfrentar aquela situação junto com pessoas de confiança e provavelmente tão racionais quanto ele,

mas se pudesse voltar no tempo, ele o teria repetido mil e mil vezes,

era uma característica de sua personalidade forte e frágil,

dura e doce,

intrincada, mas, no fundo, tão simples,

personalidade que agora odiava

o que poderia fazer?

Sentia-se tão impotente

tão só

tão frágil

Ele dormiu pouco e mal,

na manhã seguinte, acordou cedo e pensou no que tinha que fazer, então decidiu seguir Ramy aquele dia também

ele precisava saber o que Sarah iria responder antes de agir, em um sentido ou no outro

no trabalho, passou o dia todo distraído e desanimado, só tomou cuidado

para não cortar outro dedo,

então saiu às cinco e esperou Ramy do lado de fora do hospital,

pegou o ônibus com ele e saltou no mesmo ponto do dia anterior,

seguiu-o até um cinema

Sarah chegou alguns minutos depois, desta vez, estava vestida de maneira mais sóbria, com jeans e camisa, vista assim, no fundo, não parecia uma moça ruim

Ibrahim percebeu que, naquela noite, tudo lhe pareceu pior do que realmente era,

os jovens, Sarah, o lugar, toda a colônia judaica

às vezes, é fácil deixar-se levar pelo preconceito,

e Ibrahim percebia isso

sem saber se o seguia também dentro do cinema, finalmente decidiu esperá-los do lado de fora

Arrependeu-se após os primeiros minutos de tédio

O filme durou duas horas, e, por duas horas, ele continuou pensando nas palavras que escolheria para enfrentar Ramy

Quando finalmente os viu saindo, escondeu-se atrás de um caminhão e seguiu-os com o olhar

Andaram muito e finalmente entraram em um parque cheio de crianças que brincavam, e mulheres com cachorrinhos, e velhos com jornais

Por fim sentaram-se em um banco

Ibrahim escondeu-se atrás de uma grande azinheira, segurando a respiração e tomando cuidado para que ninguém o visse

— Filme bom, não é?

— Hein? Desculpe, eu estava pensando... o que você disse?

— Nada, esquece. Posso saber o que você tem? Nunca senti ou vi você tão frio. Parece que nada ao seu redor lhe interessa de verdade.

— Talvez seja isso, Sarah. Talvez um filme não me faça esquecer os motivos pelos quais não durmo de noite, talvez nem mesmo um passeio ou algumas palavras trocadas assim, nem um dia de trabalho no hospital, nem uma conversa com os amigos. Isso basta para você?

— Ei, por que está me agredindo assim? Só perguntei o que você tem! Você pode me tratar melhor e parar de usar esse tom, como se eu fosse a culpada de todos os seus problemas?

— Bem, você é! Você é, Sarah. Foi você que fez eu me apaixonar e é você que agora não quer ir comigo, e é você que me deixa louco, e é seu rosto que eu vejo antes de dormir, você é a causa dos meus problemas, sim!

— O que quer dizer com isso?

— Quero dizer que você, em vez de parecer sempre tão distante e indiferente... escute, vamos deixar pra lá. Sério, vamos deixar pra lá. Não sei você, mas a última coisa que eu quero é brigar. Estou passando por um momento ruim, só isso. Não me peça para agir como se tudo estivesse normal, porque não está. Meu povo luta contra seu exército, minha gente morre todos os dias, meus amigos têm que viver com as dores do passado, minha namorada não quer ficar comigo... é o pior momento da minha vida.

— Como assim, não quero ficar com você? Nunca disse isso!

— Mas demonstrou. E isso já basta.

— Não entendo... o que eu fiz?

— Quero dizer que, na primeira oportunidade que teve para demonstrar como sou importante na sua vida, você me virou as costas. Uma pessoa, para ser importante, deve ser capaz de levar você a fazer gestos desesperados, ou simplesmente impensados, impulsivos. O amor é impulso. É irracionalidade. É tudo aquilo que você não quer me dar.

— Escute aqui! Como ousa? Você não sabe nada de mim, então! Eu nunca amei ninguém como amo você, e ninguém jamais me tratou assim! Eu não sei o que as suas mulheres fazem ou fizeram por você, mas não pense que amar quer dizer apenas ser irresponsável e impulsivo! Eu tomo cuidado por você também, tento proteger nosso amor. Você não entende que também está no centro dos meus pensamentos?

— Se estou mesmo, você tem um jeito estranho de demonstrar isso!

— Você me desculpe, mas como eu deveria demonstrar?

— Khan Yunis, por exemplo! O que decidiu? Vem comigo?

— Bem, eu... não, eu ainda não decidi, na verdade, você não está me pedindo uma coisa fácil. Eu preciso de mais tempo, você só me falou sobre isso ontem.

— Tempo, tempo! É só uma desculpa para não responder!

— Pense o que quiser. Agora eu preciso ir. Toda vez que nos vemos, é sempre pior, parece que a única coisa que sabemos fazer é brigar! Escute, nos vemos daqui a dois dias, amanhã tenho um compromisso...

— Eu... está bem. Nós nos vemos em dois dias, no Sundays. No horário de sempre.

— Tchau.

Uma despedida fria, fria,

ressentida,
a decepção e o cansaço na voz
para Ibrahim, parecia que a história deles se arrastava quase à força
e que só resistia aos obstáculos e às dificuldades por acaso,
e era só uma questão de tempo, um dia, dois,
por mais que pudessem se amar
algo estava se apagando
tristeza, na verdade,
um pouco de tristeza
no fundo, Ibrahim nunca tinha visto Ramy assim,
tão aceso, tão apaixonado, tão sofredor,
assim.
Ele o seguiu enquanto voltava para casa, observou-o,
tentou entender o que ele estava pensando,
o olhar apagado, ausente,
o passo lento, sem vontade
parecia privado de qualquer energia,
incapaz de reagir,
vê-lo assim fez mal a Ibrahim.
Enquanto subia no ônibus e voltava ao açougue, decidiu que conversaria com ele
Precisava, precisava
Naquela noite.

— Ramy?

— O quê?

— Ouça, eu preciso... precisava... é o seguinte, eu queria falar com você, se não for incômodo.

— Imagine! Fale.

— Não, é um assunto delicado. Podemos sair, quem sabe dar uma volta.

— Está bem, vamos.

— Que frio. A noite está gelada.

— Quer voltar para pegar o casaco, Ibrahim?

— Não, obrigado, Ramy. Não vamos demorar muito mesmo.

— Ok. Conte-me tudo.

— É o seguinte... sabe, para mim, é difícil falar sobre isso com você. Não sei por onde começar.

— Comece pelo que quer me dizer. Do que se trata?

— Então... sabe, Ramy, nos últimos dias, todos percebemos que... enfim, você tem sido imprevisível, meio no mundo da lua: num dia, feliz e cheio de vida; no outro, eufórico e desenfreado; no outro ainda, triste e melancólico; ou então irascível e suscetível. Nós nos... bem, nós nos perguntamos o porquê dessas alterações tão repentinas de humor.

— Ibrahim, não posso lhe explicar, é que...

— Não, por favor. Sério, eu queria terminar. Bem... eu... o que vou falar diz respeito só a mim, não tem a ver com os outros, está bem?

— ... está bem... mas...

— Eu sei sobre a Sarah.

— Co... eu... que... mas... S-S-Sa... Sarah... eu...

— Pare de gaguejar. Sei que você ama uma garota judia e que ela se chama Sarah, e sei que vocês se encontram escondido, que você queria ir para Khan Yunis com ela e nos deixar aqui, porque, como você disse... um dia, podemos não estar mais aqui.

— Sarah? Mas... eu... n-não... conhe... conhe... conheço... nenhuma... Sarah... eu... Ibrahim, olha, eu... não há nenhuma... sabe... eu... você...

— Escute com atenção: preferi dar cobertura a você e não contar aos outros, guardar isso para mim, mas agora colabore comigo. Eu já descobri seu segredo mesmo, você não precisa negar, só precisa me explicar...

— Ah, Santo Deus! O que você vai fazer agora? Vai me matar? Quer me matar?

— Ah, pare. Não seja covarde, Santo Deus, assuma as suas responsabilidades!

— Está bem, Ibrahim, você... eu... calma, está bem? Está bem?... eu... Sarah... ah, santo céu... mas como... como... como você descobriu?

— Isso não importa agora. Quero que você me conte como e quando conheceu essa Sarah e quem sabe de vocês. Ramy, é importante. A história de vocês, infelizmente, é um perigo para ambos. Então, agora, explique-me tudo desde o início.

— Está bem, está bem... então... eu... um dia, fui encontrar meu amigo Yousef no vilar...

— Um dia quando? Tente ser mais específico, Ramy, é importante!

— Está bem, mas não irá contar nada aos outros, não é? Não contará nada ao Mohammad? Por favor, Ibrahim...

— Está bem, está bem, continue, um dia quando?

— Eu... há um mês, isso, em novembro. Fui à casa do Yousef, sabe, aquele meu amigo pacifista, e ele me disse que tinha conhecido um grupo de universitários israelenses pacifistas. Bom, ele queria apresentá-los a mim. Eu, no início, disse que não me parecia uma boa idéia, mas depois ele me explicou que não havia perigo, e que seria uma ótima experiência, enfim, no final, ele me convenceu. Então, fui com ele e conheci um grupo de jovens, eram pessoas legais, de verdade, não sei, você sempre me disse que os judeus são todos cruéis e indiferentes, mas eles eram pessoas honestas, e sabiam o que os soldados deles fazem todos os dias, entende? Não eram como todos os outros, e, entre essas pessoas, havia uns garotos que me convidaram para sair. Quando saí com eles, conheci a Sarah. Era... não sei se você entende, mas ela era tão doce, simpática, gentil. Era diferente de como eu imaginava que poderia, que deveria, ser uma garota judia. É isso, Ibrahim, acho que, no fundo, somos um pouco reticentes em relação a eles... é errado dizer que são todos violentos, todos prepotentes. Muitos deles não o são, e alguns nem querem a guerra. De todo modo, sim, é verdade, quero ir para Khan Yunis com a Sarah. Estou apaixonado por ela, e ela, por mim. Não creio que você possa me impedir de amar.

— Ah, enfim, Ramy. Só vou lhe dizer uma coisa. Eu não falei a ninguém sobre Sarah e não pretendo fazê-lo. Mas se você realmente quer ir embora com ela, eu lhe digo: está cometendo um erro. Existem muitos obstáculos. Vocês são filhos de gerações que fazem jorrar uma o sangue da outra. Os pais dela nunca permitirão que viva com um palestino. Eu sinto por você, Ramy, e lamento muitíssimo pela Sarah também. A guerra é injusta, e também é injusto o fato de que vocês não possam se amar. Você também precisa ser prático, racional: acha que pode se casar com uma moça israelense assim, como se não fosse nada de mais? Pode fazer o que quiser, ignorar meus conselhos, mas, uma vez cometido o erro, não venha me procurar, pois não vou receber você de braços abertos.

— Pelo amor de Deus, Ibrahim, não fale assim! Não consegue entender que possa existir um sentimento que esteja acima de todo o resto? É tão difícil assim de entender, de aceitar? Ou é só porque você, do alto da sua sabedoria, nunca amou? Eu não sei qual é o seu problema, mas eu não tenho nenhum. Eu amo a Sarah e, se quiser, caso com ela, e você não pode me dizer o que fazer ou não!

— Eu só vou repetir, Ramy: nunca mais me procure. Nem quando descobrir que cometeu um erro.

— O que há de errado em amar, hein?

— Ouça, Ramy, o problema não é o amor. O amor é um sentimento nobre. Eu não tenho nada contra a Sarah, mas estou avisando: os pais dela não a deixarão amar você. Se quiser ir embora com ela, vá. Mas saiba que, um dia, vai me dar razão, mas não poderá mais voltar atrás. Se for com ela, estará nos abandonando.

— Por que você me obriga a escolher?

— Você já escolheu.

Na verdade, a escolha de Ramy mostrou-se errada.

Um dia, Ramy voltou para casa, de noite, chamou Ibrahim a um canto e lhe disse:

— Pelo amor de Deus, talvez você tivesse razão, tivesse razão. Hoje, Sarah me disse que mudou de idéia sobre nós dois e que acha que temos opiniões divergentes sobre muitas coisas, mas principalmente sobre coisas importantes demais, então me disse que não poderia continuar com isso, com nós dois nos encontrando escondido para não sermos atacados, talvez mortos, pela sua gente ou pela minha gente, que era melhor ter um namorado judeu tranqüilo, que o pai e a mãe pudessem convidar para almoçar no sábado

ela me disse

então se despediu e foi embora.

Ibrahim olhou-o nos olhos com uma expressão severa e falou

Eu disse para você não voltar

E Ramy lhe disse apenas

Perdão.

Ramy estava muito triste e sofria, pensava em Sarah o dia todo, e todos em casa tentavam deixá-lo sozinho e não envolvê-lo muito nas discussões e nos momentos que passavam juntos. Ibrahim o observava com um misto de tristeza e ressentimento: no fundo, ele sempre avisara os amigos de que era melhor ficar longe do inimigo, ainda que este não empunhasse uma arma,

pontos de vista diferentes demais,

incompreensões evidentes,

diferença de formação, de pensamento,

grupos étnicos diferentes, mas principalmente tão impacientes um com o outro,
que era impossível, impossível, amar uma pessoa tão diferente
e ainda assim Ibrahim sofria junto com Ramy,
porque entendia o sentimento de perda, de dor, que o invadia
e entendia porque bastava pensar em Ashgan,
aquele rosto doce e delicado,
aquela inocência velada,
aqueles lindos olhos,
às vezes até sonhava com ela
sonhava com um amor nunca vivido,
achava que Alá às vezes permitia que seus fiéis abrissem uma janela sobre o que poderia ter sido sua vida,
e assim acontecera com ele
vira Ashgan em seus sonhos, aquela que amava mesmo sem conhecer,
pudera ver seus olhos, ainda que por um único instante
antes de ela morrer
sem conseguir ao menos olhá-lo nos olhos
Ibrahim achava que, com Ramy, também deveria ser um pouco assim,
ele havia visto o rosto de Sarah
sem, no entanto, poder amá-la
em seu caso, havia até falado com ela,
havia amado sua voz
sem, no entanto, poder amá-la
talvez essas histórias continuem no céu,

pensava Ibrahim

porque, na verdade, era triste pensar que eram histórias que começavam e terminavam em menos de uma hora

era triste

triste como estavam Ramy e Ibrahim naqueles dias

Estavam em 1997,

um ano se passara desde que Ibrahim, Riham e Jihad foram viver com Ramy e Mohammad,

mas, para eles, parecia uma eternidade,

era como se conhecessem há anos e anos,

eram como irmãos,

pareciam saber tudo uns dos outros,

e, de fato, se conheciam em defeitos e qualidades,

entendiam-se sem a necessidade de dizer uma palavra

e o fato de serem uma família criava uma espécie de barreira imunológica

em relação à guerra

As tropas israelenses ocupavam os vilarejos

e assentamentos de colonos judeus vindos de toda parte do mundo surgiam aos bandos

O governo israelense dizia querer a paz, mas, para liberar os territórios, devia cessar a violência da parte dos palestinos

Os soldados e tanques esperavam preguiçosamente que um palestino desesperado cometesse um ato desesperado

para aproveitar a ocasião e dizer que os palestinos não queriam a paz e para ficar onde estavam e trazer outros colonos judeus

Em outra época, talvez, fosse possível fazer alguma coisa

Em outra época, talvez, fosse possível deter o avanço dos israelenses

Mas, agora, o que resta àquele povo envolto pelas *kefiah*,

o que resta àquele povo envolto pelas *kefiah* e pelo desespero?

Uns poucos pedaços de terra

E até aqueles poucos pedaços de terra são ocupados, usurpados pelos judeus

E mesmo naqueles poucos pedaços

o solo santo das mesquitas, único lugar de paz absoluta, é pisado pelas botas militares dos soldados

E mesmo naqueles poucos pedaços

o grito das mulheres furiosas que brigavam com soldados rompia o silêncio

E mesmo naqueles poucos pedaços

e principalmente naqueles poucos pedaços

a guerra enfurecia-se.

Um dia, Ibrahim estava indo para o açougue, quando viu um grupo de soldados tomando cerveja e rindo, e bloqueando a entrada de um prédio, e detendo, com a metralhadora, alguns homens que tentavam entrar.

Quando se aproximou, perguntou a um deles o que estava acontecendo e ouviu responderem que aquele era um prédio de subversivos e, portanto, era perigoso para os colonos judeus das áreas vizinhas,

que os soldados tinha recebido ordens para revistá-lo e impedir que qualquer um entrasse

O homem explicou a Ibrahim que era um mero funcionário e que o prédio era apenas um banco

Os soldados tinham recebido ordens para demolir o prédio e atirar em qualquer um que tentasse impedi-lo

O rosto de Ibrahim foi tomado por uma expressão frustrada e um sorriso amargo

enquanto via aqueles rapazes armados, com pouco mais de vinte anos; alguns pareciam não ser mais velhos que Ahmed

Então, chegou uma moça alta e magra, de cabelos cacheados

que chamou a atenção dos soldados balançando uma folha de papel

Duzentas e cinqüenta assinaturas de pessoas favoráveis à paz que afirmavam nunca terem pegado uma pedra na mão e que não pretendem fazê-lo nem no futuro,

esses homens só querem entrar para trabalhar, e vocês usam de violência,

arrogância
por que a violência? Nós queremos a paz,
não queremos a guerra
por que estão destruindo esse prédio
que dá trabalho a tantos homens?
Por que estão atirando na minha gente?

Nós queremos a paz
Mas não sabemos mais como nos defender
Como nos defender de vocês
Aqui há duzentas e cinqüenta assinaturas, e tenho certeza de que conseguirei outras duzentas e cinqüenta, e mais outras duzentas e cinqüenta, mas depois é com vocês
Mas depois vocês terão de acabar com a violência
Por que estão atirando nas pessoas?
O soldado riu e disse:
— Eu cumpro ordens.

A moça se chamava Yasmin,
era médica, ou pelo menos tinha sido,
tinha 31 anos e, quatro anos antes, fora presa pelo governo israelense porque, após um tiroteio em seu vilarejo,
que ficava em uma área totalmente ocupada pelo exército judeu,
ela socorrera os feridos e mortos
Os policiais israelenses chegaram e a prenderam e a outros dois médicos,
os médicos já tinham sido presos antes, por terem prestado socorro na Jordânia e no Líbano, após os massacres dos refugiados palestinos.
Foram presos os três e mantidos em prisão por um ano, quando Yasmin voltou ao vilarejo, não encontrou mais sua casa, a terra fora arrasada, não restava mais ninguém de sua família,

tentou reconstruir a vida e voltar a sorrir, depois aderiu a uma campanha contra a guerra iniciada por um grupo de estudantes palestinos,

e agora defendia a causa de seu povo, a paz, a não-violência, o diálogo

Ibrahim, conversando com ela enquanto se dirigia ao açougue,

disse-lhe que aquela era uma causa nobre, e que seus ideais eram nobres

mas de nada adiantaria contra os israelenses

— Olhe — disse ele —, olhe só aqueles soldados,

pense melhor no que aquele garoto lhe disse:

"Eu cumpro ordens."

Eles são insensíveis à dor do nosso povo e até à do povo deles,

mesmo quando todo mundo implora, suplica, impõe acordos

eles, de cabeça erguida, levantam da mesa de negociações

e dizem não.

Não.

E com aquele mero "não" matam centenas de crianças

E com aquele mero "não" condenam nosso povo a um sofrimento eterno

Yasmin, você pode desejar a paz o quanto quiser

Mas se o outro lado é surdo aos seus pedidos de paz

de nada adianta,

entendeu? Eu, nós, não nascemos com desejo de vingança e violência

mas ele se torna parte de nós

quando até nossa força para tudo suportar explode
Yasmin, você é uma moça doce e inteligente
Mas isso não basta.
Contra eles, não basta.

Tendo se despedido de Yasmin, Ibrahim apressou-se para chegar ao açougue

Já estava atrasado,

mas, enquanto andava, no campo onde encontrara Ahmed e os outros refugiados, viu

vários homens e crianças

aproximou-se e pôs-se a observar

havia um percurso de treinamento militar, composto de troncos de madeira, pneus, cordas, instrumentos rudimentares

e crianças vestindo fardas, com metralhadora e pistola de brinquedo, recitando os versos do Alcorão que celebravam a Jihad

as crianças corriam, pulavam, arrastavam-se, e tudo isso apontando as armas para inimigos imaginários.

Ao término do percurso, paravam diante da multidão, que as incitava, as ovacionava

paravam, estufavam o peito pequeno, juntavam as pernas finas, levantavam, orgulhosas, o olhar e gritavam, e suas vozes, por mais absurdo, quase davam medo, conseguiam ser quase ameaçadoras

ameaçadoras

gritavam

"LUTEM PELA CAUSA DE ALÁ CONTRA AQUELES QUE LUTAM CONTRA VOCÊS! MATEM-NOS ONDE QUER QUE OS ENCONTREM E EXPULSEM-NOS DE ONDE EXPULSARAM VOCÊS!

SE ATACAREM VOCÊS, MATEM-NOS!

E NÃO DIGAM QUE OS QUE FORAM ASSASSINADOS NO CAMINHO DE ALÁ ESTÃO MORTOS, POIS, AO CONTRÁRIO, ESTÃO VIVOS

E VOCÊS NÃO PERCEBEM!"

Gritavam com todo o fôlego que tinham, segurando os fuzis apontados para o céu,

com uma expressão orgulhosa,

o olhar agressivo,

às vezes riam

os pais os observavam, orgulhosos, a multidão os incitava

e, naquele instante, Ibrahim teve vontade de chorar,

viu aqueles meninos sem mais salvação,

as idéias que inculcavam em suas cabeças

na mais tenra idade

não podiam ter mais que sete, oito, nove anos,

dedicavam a vida toda a seu povo

dedicavam a vida toda a odiar o inimigo

e a combatê-lo

e a rezar com o fuzil ao lado,

e já estavam condenados, àquela idade,

condenados a uma vida de violência

e sua morte já estava escrita, seu fim já estava decidido,

eram prisioneiros de uma cadeia que nunca seria interrompida
eram prisioneiros da violência
tinham perdido a liberdade
qualquer tipo de liberdade.
As emoções se confundiam,
emoções confusas,
pois não condenava os pais daquelas crianças
Ibrahim não podia condenar aquela gente
porque, por sua vez, os pais daquelas crianças haviam crescido transtornados pela dor,
transtornados pelo ódio,
como se poderia julgá-los?
Como se poderia condená-los?
Um menino cujos pais são assassinados diante de seus olhos terá a cabeça deturpada para sempre
será atormentado pela sede de vingança
será atormentado pelo ódio,
insistente,
perpétuo,
violento,
será atormentado por ele e só poderá se converter a uma vida de ódio
e criar os próprios filhos da mesma maneira
O gérmen do mal
já estava plantado entre eles
e não se podia fazer nada para combatê-lo
Ibrahim desviou os olhos daquela cena
Fazia-lhe mal pensar que, no fundo,
ele também era como aquelas crianças

assim como o eram seus amigos
assim como o era seu povo
eram como aquelas crianças.
Destruídos pelo ódio
destruídos pelo mal.
Ibrahim ouvia uma voz dentro dele
gritando para que fizesse alguma coisa, para que impedisse
que o ódio o invadisse
Mas até o ar que respirava já estava impregnado
O ódio
Mas até o chão que pisava estava contaminado
A terra do ódio.

— Meu Deus, Ahmed, você vive com um livro na mão! Não entendo como não fica entediado...

— Entediar? Está brincando? Ler é como entrar em um trem sem saber para onde ele vai levá-lo. E quando precisa descer, é uma tristeza...

— Para mim, você não é muito normal. Mas que livro é esse?

— *Hamlet*. Shakespeare. Já li mil vezes, mas, a cada vez, as páginas me agarram e não consigo largá-lo até terminar. O protagonista é incrivelmente fascinante, tem a astúcia de uma raposa... quero dizer, acho que as pessoas subestimam aqueles que parecem mentalmente doentes, e Hamlet, fingindo-se de louco, consegue vingar o assassinato do pai. Depois, o conturbado amor por Ofélia... até o último instante, nos perguntamos se a linda moça realmente conquistou o coração de um rapaz tão inquieto...

— Acho que os livros deixam você meio idiota, Ahmed. Por que não fazemos um belo campeonato de xadrez? Fazemos duas rodadas, então...

— Ibrahim, faça você, eu preciso terminar o livro. Com licença, tá?

— Você é doido de pedra.

Na manhã do dia 12 de março de 1998, Ibrahim estava saindo para trabalhar,

Mohammad e Ramy estavam com ele, precisavam ir ao hospital.

Eles andavam e tagarelavam,
quando, de repente, Ibrahim parou
e viu, no final da ruazinha que levava à casa deles,
uma figura masculina
chamou os amigos:
— Olhem, tem alguém chegando,
parece que vem na nossa direção.
Parecia um homem jovem

Ibrahim sentiu um golpe no coração enquanto observava, imóvel, aquele homem se aproximar

Ramy e Mohammad também pareciam imobilizados por uma estranha força que mantinha seus pés pregados no chão

O homem estava a poucos metros deles
Tinha barba, cabelo liso castanho-claro,
olhos castanhos, grandes, muito grandes

e os fitava
a comoção, as lágrimas
o estupor,
a intensidade de sentimentos tão importantes,
sentimentos tão importantes,
um depois do outro
às vezes, parece que o que está acontecendo já se passou muitas vezes e que se repete pela enésima vez
mas a verdade é que só aconteceu na nossa cabeça, em nossos sonhos,
em nossos desejos
como Ibrahim sonhara com aquele momento
como o desejara
estava acontecendo
estava acontecendo
mas ninguém conseguia mais se mexer,
Mohammad emitiu um estranho suspiro sufocado,
Ramy estava com os olhos arregalados,
Ibrahim sentia uma onda violenta tomar conta de seu coração,
de sua mente
seria felicidade?
Seria surpresa?
Allahu akbar
e viu um homem que o fitava
era um homem muito alto e magro
o rosto fino e comprido, os lábios estreitos, o nariz aquilino
e olhos muito grandes, que pareciam destoar
de todo o resto do rosto

parecia um homem tranqüilo e cordial
e continuava a fitar Ibrahim, mas não com hostilidade e desconfiança
e sim com gentileza,
e viu um homem que o fitava
e viu um homem que o fitava
Ibrahim lembrou-se daquele instante de cinco anos antes
mas estava tão nítido em sua cabeça
tão nítido
Ibrahim lembrou-se daquele instante e sentiu que as lágrimas ameaçavam cair,
viu um rapaz de rosto magro e comprido
e viu um Ibrahim ainda imberbe
viu dois jovens
com tantas incertezas na vida
viu o início de tudo,
viu uma amizade quase sagrada,
viu a promessa de três anos antes,
"e lutaremos... lutaremos até a morte."
Prometeram não se separarem nunca
Não se separarem nunca
Prometeram lutar até a morte
E um nunca abandonaria o outro
Nedal havia quebrado a promessa
Mas agora estava de volta.

Ibrahim mal conseguiu se mexer e soltou um grito, jogando-se sobre o amigo,

os dois caíram no chão, rindo e chorando,
levantaram-se, abraçaram-se até quase machucarem um ao outro,
caíram de novo no chão, levantaram-se de novo,
riram, soluçaram, abraçaram-se,
a emoção, Ibrahim tremia
Nedal não conseguia ver nada,
os olhos ofuscados pelas lágrimas,
quando tiveram força para se libertar um do outro e para se olhar
parecia até que estavam cheirando um ao outro, como um filhote e uma mãe que se reencontram
Nedal estava de barba, tinha emagrecido ainda mais
tinha uma outra expressão,
como se estivesse mais sábio,
mais maduro,
Ibrahim estava com o rosto tenso, e
o que impressionou Nedal
o que o sacudiu
o que o machucou
foi ver que aquela luz,
a luz que Ibrahim tivera no olhar
por tanto tempo
havia desaparecido, ou talvez estivesse enfraquecida
Seu rosto emanava um ar de resignação,
de pacato sofrimento,
de melancólica impotência
Ibrahim, naqueles anos, havia perdido alguma coisa
Enquanto se olhavam,

Mohammad gritou, como se quisesse que notassem sua presença,
lançou-se sobre Nedal,
abraçou-o, beijou-o,
então foi a vez de Ramy
Riham, ouvindo aquelas vozes empolgadas e os gritos emocionados,
saiu de casa
mas parou na porta
sentiu a cabeça girando,
titubeou, recuperou logo o equilíbrio, apoiou-se no batente da porta
olhos nos olhos
enquanto Mohammad, Ramy, Ibrahim
imóveis, observam
um momento mágico,
o momento mágico
um olhar cheio de palavras, sentimentos
a garganta seca, as têmporas que pulsavam freneticamente,
os golpes no coração,
o doce rosto de Riham
percorrido por uma, duas lágrimas
uma mão na boca,
um grito sufocado
Nedal segura as lágrimas, não ousou se mexer,
seu coração chora
o coração chora
sente uma dor no coração
olha para ela,

é tão bonita
tão bonita
não lembrava dela tão bonita,
os cabelos compridos, lisos como a seda,
os olhos acinzentados, intensos, profundos,
o olhar de Nedal se afogava neles,
se afogava,
e vem um doce esquecimento
um doce, doloroso esquecimento
ficam se descobrindo, se olhando por um instante
que parece uma eternidade
é como se o tempo tivesse parado
como se tivesse parado,
então um grito, o coração parece não reagir
a uma emoção tão intensa,
a uma felicidade tão completa, enquanto a dor e a euforia se mesclam,
enquanto se abraçam, se apertam, retomam
em um único gesto
os pactos, e as dores, e os sofrimentos
e as melancolias, e a nostalgia
de dois anos,
enquanto parece que o amor reina soberano sobre qualquer outro sentimento
enquanto a prostração de um momento tão intenso parece destruir a fragilidade
de uma mulher apaixonada
de uma mulher que sonhou, chorou, desejou
seu homem,
que teve que deixar de lado os sentimentos e

esquecer que o amor era um sentimento
tão forte,
que tira o fôlego,
que faz o coração parar,
que suga a energia,
uma mulher que parecia ter esquecido
que podia existir algo tão intenso
dentro de si
lágrimas, lágrimas, dor,
felicidade, comoção
Então Jihad e Ahmed saíram
viram Nedal
Jihad se lançou
na direção de Nedal,
apertou-o com força, riu, apertou-o, riu
Ahmed permanecia afastado
não sabia quem era aquele homem alto e magro
de rosto descarnado e comprido, os olhos grandes
mas devia ser alguém muito importante,
todos choravam,
pareciam todos prisioneiros de um sentimento novo,
inusitado,
pareciam tomados por uma emoção muito forte,
Ahmed não sabia quem era aquele homem
mas entendeu que devia ser alguém muito importante.

Muitos meses tiveram de se passar antes que todos se acostumassem à presença de Nedal.

De manhã, acordavam e o procuravam com o olhar, como se para se certificar de que era tudo real,

de que não era um sonho

e de que seu amigo Nedal estava novamente com eles

Riham não desgrudava dele nunca, e ele, aliás, só falava com ela,

Jihad e Ahmed passavam todo o dia brincando com eles,

Mohammad e Ramy estavam serenos e pareciam contagiados pelo sarcasmo e pela ironia de Ahmed,

Ibrahim sentia uma forte sensação de proteção em relação a eles

e estava feliz por ver todos assim, unidos e alegres

como deve se sentir um pai ao ver que os próprios filhos estão saudáveis e tranqüilos

A guerra havia passado para segundo plano, todos tentavam não ver, ou melhor, fingir não ver os soldados, e os tanques, e as armas, o que contava agora era que estavam todos juntos,

Ibrahim e Mohammad construíram camas novas,

afinal, a família tornara-se numerosa

No dia 21 de abril de 1999, Riham e Nedal se casaram,

foi um dia muito feliz, e comemoraram até o dia seguinte,

Mohammad cedeu o quarto, o maior deles, aos recém-casados,

e todos o limparam até deixá-lo brilhante e o decoraram com flores, compraram uma cama de casal, uma penteadeira,

Mohammad pôs sua cama no quarto de Ramy e Ibrahim,

enquanto Ahmed e Jihad dormiam em um quartinho com as paredes forradas de versos do Alcorão.

Nedal arrumou um emprego em uma concessionária de automóveis, Ahmed, em uma oficina mecânica, Jihad, em um restaurante

A vida continuava,

o último componente da família, o mais jovem, chegou em setembro, fora encontrado na rua, pedindo esmola rindo, pedindo esmola rindo, estava todo sujo, tinha dois dentes quebrados, o cabelo desalinhado, uma cara de palhaço e se chamava Ualid, tinha apenas 13 anos, era muito jovem, pedia esmola desde os sete anos, passara metade da vida nas ruas, mas finalmente tinha encontrado uma família, a família que nunca tivera, chamava-se Ualid, tinha 13 anos.

TRÊS

É uma noite fria de lua cheia, as estrelas são incontáveis, parecem sardas de um rosto,

Ibrahim dá um trago no cigarro

pensa, está lembrando, a noite está estranha, a nostalgia parece dominar tudo

sobre todas as coisas, prevalece a nostalgia

Está se recordando de muitas coisas, de sua mãe, não se lembra de como era seu rosto, não há pelo menos uma única foto; o pai era o único laço com o passado e com ela, e só vira uma foto da mãe, a do casamento

Era lindíssima

Lindíssima

Ibrahim está se lembrando do rosto do pai,

dele, lembra-se bem

ele o vê todas as noites,

e aquele dia, o sangue, o Alcorão, está tudo muito claro em sua lembrança,

não entende se é bom ou ruim,

o encontro com Nedal, aquele com Jihad e Riham,

então Mohammad e Ramy,

Ahmed

O retorno de Nedal

E, finalmente, Ualid

A quietude da noite é rompida pelos estrondos
dos kalashnikov,
nos povoados vizinhos, as costumeiras incursões de soldados
israelenses,
o exército intervém com artilharia pesada
Parece inacreditável
inacreditável
que a poucos quilômetros da casa
possam espalhar o ódio e a violência,
que haja guerra
a tão pouca distância de onde você tomava um chá com seus amigos
Ahmed vai até a varanda, sorri, vendo o olhar de Ibrahim, ausente, quase perdido no vazio
e lhe diz:
— Sempre me perguntei, de verdade, em que pensa quando está tão longe assim
Ibrahim livra-se de seus pensamentos
esboça um sorriso e responde:
— Em muitas coisas
Penso em muitas coisas
penso que nossa Intifada já tem um ano
mas a única coisa que conseguimos foi um número assustador de mortos
Penso no dia 30 de setembro do ano passado, quando aquele garoto, Mohamed Aldorra,
foi assassinado
e, quando entrevistaram o soldado que o havia matado, este disse que deixara o pai vivo para fazê-lo so-

frer. Ele disse: “Matei o filho e deixei o pai vivo para fazê-lo sofrer.”

Então, o fato de aquele soldado ter dito algo do gênero parece só incomodar a mim, o resto do mundo está pouco se lixando, a opinião das pessoas é que ele é apenas uma das tantas pequenas vítimas,

é isso, então eu penso: a opinião pública ainda tem importância? Bem, eu realmente acho que não — diz Ibrahim, com um sorriso amargo.

— Pergunto-me o que o resto do mundo pensa

o que a televisão mostra aos jovens ocidentais? O que acham do que está acontecendo? Eles se interessam se morrem pessoas? Então, eu pensava nisso — diz Ibrahim — entre outras coisas — então cala-se, dá um outro trago, percorre a escuridão da noite, tenta esboçar um sorriso, vira-se para Ahmed e lhe diz:

— E você, o que está pensando?

E Ahmed o olha, sorri também, e seus olhos brilham

— Eu pensava que posso ficar aqui lendo até o mundo acabar

Mas, no fundo, a única coisa que me interessa são vocês

É você

Eu pensava que você me deu uma família, que você é a minha família e que, talvez nunca lhe diga isso o bastante, gosto de você de verdade e, enfim, que talvez um dia não estejamos mais lado a lado, e não poderei lhe dizer

Obrigado, obrigado por tudo o que fez por mim

Se essa guerra um dia terminar e nós tivermos a nossa terra, se um dia superarmos toda essa violência, então, eu gostaria de ter você por perto e dizer·

"Viu como conseguimos?

Nós conseguimos"

Ahmed se cala, observa as mãos, talvez constrangido

Para um homem, é difícil

Difícil

deixar-se levar e admitir que tem o coração aquecido por um sentimento tão delicado que vai além de todo sofrimento, e é o amor

É o amor

Eles se olham

Ibrahim lembra-se da primeira vez em que lhe fez uma promessa, da primeira vez em que lhe mentiu

Ele estava debruçado sobre Ashgan, e ele lhe disse:

— Ela vai conseguir, Ahmed, ela vai conseguir

e agora não quer prometer a Ahmed que nesse dia os dois estarão lado a lado

porque sabe que pode não ser verdade

por isso se limita a lhe sorrir mais uma vez

e a baixar o olhar

Ibrahim sente-se bastante envelhecido

é absurdo, porque, na verdade, ele tem apenas 31 anos,

diabos, sente uma raiva crescendo dentro de si e pensa que tem apenas 31 anos e deveria estar aproveitando as coisas boas da vida, deveria sorrir mais vezes,

mas, em vez disso, mora com sete amigos e tem medo por eles todos os dias, todos os dias, e todas as noites, na varanda, e olha o céu, a lua, o firmamento, maravilha-se por mais um dia terminar sem que nada tenha acontecido a nenhuma das pessoas que ama,

Ibrahim pensa de novo naquela moça que encontrara um ano antes, aquela Yasmin, que falava de paz com tanta convicção,

ele gostaria que todas as pessoas, que todas as pessoas do mundo

pensassem como Yasmin

tantas vítimas seriam poupadas

um estrondo corta a noite

e lembra a Ibrahim que é tarde demais para aqueles pensamentos.

— Ramy, pára, pelo amor de Deus. Você não pode ajudar, em vez de brigar o tempo todo com Jihad?

— Escute aqui, Riham, se seu irmão não pára de me provocar, como quer que eu reaja?

— Então, vá chamar Ibrahim e Ahmed, que devem estar na varanda! E fique de olho na água, se ela ferver...

— Eu sei fazer chá, Riham!

— Está bem, está bem, vou jogar o lixo fora.

— Ibrahim, Ahmed! Riham disse para vocês entrarem!

— Está bem, já vamos, só um segundo!

— JIHAD! Pára de ser idiota! Em vez disso, me traga o chá.

— Por que você não vai buscar, Mohammad? Acha que sou seu empregado?

— Jihad, eu não estou de bom humor! Se me irritar...

— Se eu irritar o quê? O que vai fazer, hein? Me bater? Me comer de porrada? E aí? Eu chamo minha irmã e faço ela lhe dar uma bela... aaaaaaah! Fique longe de mim! Ooouf! Como você é chato! Sai daqui... não! Cosquinhas, não! Rihaaaaam! Aaaaah!... sai. Mohamm... aaah, ah, não, por favor! Cosquinhas, não! Pára!

— Ei, o que vocês estão aprontando?

— Foi ele quem começou, Riham! Pulou em cima de mim com esse bando de banha!

— Banha? Eu? Eu sou todo músculos, idiota!

— Ei, o que é isso, um campo de batalha? E você, Mohammad, o que está fazendo em cima do Jihad?

— Ah, nada, Ibrahim... estávamos... discutindo...

— Desculpe, mas tem que ficar em cima dele para discutir?

— Você, Ahmed, cuide da sua vida!

— Amor, o chá? Ei... o que vocês dois estão fazendo?

— Pronto, só faltava o Nedal. Está bem, nós dois acertaremos as contas uma outra hora. Em vez disso, Riham, sirva o chá.

— Está bem, está bem, eu trago. Já vou.

— Pessoal, esta é uma assembléia extraordinária! Todos sentados!

— Ei, idiota, sai, eu estava aqui primeiro!

— Ouça, Jihad, se não sair daqui, digo para o Mohammad terminar de acertar as contas...

— Não, não, o Mohammad, não! Anda, Ramy, sente você no sofá. Eu me sento aqui.

— O chá chegou. Tome, amor. Ibrahim... este com duas colheres de açúcar é para o Ahmed. Ualid, este é seu. Jihad, pare de bancar o idiota com o Ramy. Mohammad, este é para você, passe o outro para o Ramy. E este é para mim. Pronto.

— Então, agora que todos estão com seus chás, posso dar início à assembléia?

— Assembléia? Que assembléia?

— Ssst, Riham! Ibrahim convocou uma assembléia extraordinária...

— Exato. Uma assembléia extraordinária. Então, pessoal, vou direto ao ponto: este mês, as contas não fecharam. Pagamos o aluguel e a conta da mercearia, e também a água. Mas, se não pagarmos a luz, eles vão cortar. Infelizmente, já peguei meu salário e pagamos o aluguel. Portanto, tenho que pedir que me entreguem todo o dinheiro que tiverem, senão, daqui a pouco, não teremos mais luz.

— Bem, não muda muito, se pagarmos! Nós pagamos a água, mas hoje ainda não tinha chegado e tivemos que buscar lá no poço! Sendo assim, pagando ou não as contas, cedo ou tarde, a luz vai ser desligada mesmo!

— Eu também penso como o Jihad, Ibrahim. Enfim, talvez não devamos pagar...

— O que está dizendo, Mohammad? Nós precisamos de eletricidade, não podemos correr o risco de tê-la cortada!

— É, vamos, pessoal, o Ibrahim tem razão, nós precisamos de eletricidade. Portanto, passem o dinheiro.

— Está bem, vou dar o que sobrou do meu salário. De resto, não ganho grande coisa na concessionária.

— Amanhã devo receber na oficina. Eu dou metade do salário.

— Está bem, vejo que entramos num acordo. Obrigado, Nedal, e obrigado, Ahmed. Agora, o ponto dois é Ualid. Ele precisa ir à escola, não é possível que não tenha nem o primário.

— Ei, eu não quero ir à escola! Para mim, está bom assim!

— Ualid, não banque a criança! Você precisa de um mínimo de instrução, precisa aprender matemática, geografia, história e todas as outras matérias. Todos nós temos pelo menos o ensino médio. A instrução é indispensável para qualquer pessoa. Por isso, você precisa ir à escola. A decisão já está tomada, só precisamos combinar onde vai estudar.

— Eu não quero ir à escola! Passei a vida toda nas ruas, o que vou fazer numa escola?

— Aprender! E não crie caso!

— Escute, Ibrahim, eu tenho uma idéia. Acho que você não pode mandá-lo à escola sem um mínimo de noções de base, por isso, já que aqui dentro eu sou a única que não trabalha, me limito a costurar meias, preparar comida e limpar os quartos, posso ensinar a ele durante umas seis, sete horas por dia. Podemos comprar uns livros, e eu lhe ensino algumas coisas. Depois, ano que vem, nós o matriculamos no ensino médio! No fundo, Ualid não sabe nem ler e escrever.

— Riham tem razão, Ibrahim. Não pode mandar um analfabeto para o primeiro ano do ensino médio. Depois, ela teria alguma coisa para fazer, além de costurar meias, como diz. Mas eu nunca lhe dei meias para costurar.

— Claro. Você deixa a roupa suja no armário, meu querido! Sou eu que pego e arrumo! De qualquer modo, o que você acha, Ibrahim?

— Bem... é, talvez vocês tenham razão. Está bem, vamos dar uma trégua de um ano a ele.

— Não, não e não! Eu não vou à escola nem daqui a cem anos. E não vou ter aulas com Riham, a louca!

— Do que você me chamou? Desgraçado!

— Calma, Riham. É uma criança, só está brincando. Escute, de onde vem todo esse ódio pela escola?

— Eu não quero perder meu tempo ouvindo um professor idiota! Quero matar soldados, jogar pedras neles e acertar o maior número possível, quero matar a todos e...

— UALID! O que você está dizendo? Que idéias são essas? Eu te mato! Seu idiota! Vem cá. Eu te mato, ou não me chamo Ibrahim! DESGRAÇADO!

— Ei, calma, Ibrahim! Pare, o que está fazendo? Que violência é essa? Nunca vi você tão irritado!

— Nedal, está ouvindo como ele fala? Como um assassino! O mocinho aqui não quer saber de estudar, não, ele quer é matar soldados! Entendeu o que o mocinho disse? Mas eu vou tirar essas idéias da cabeça dele! Escute aqui, Ualid. Nesta casa, nós queremos a paz. Também queremos vencer. E sabemos que, para vencer, às vezes é preciso jogar duro, e muitas vezes é preciso fazer com o inimigo o que ele faz com você. Mas isso não é função sua. Você só tem que estudar, crescer. Você deve orar para Alá. Não cabe a você jogar pedras e matar os soldados! Tire isso da cabeça!

— Mas meu pai ia querer assim, se fosse vivo! Todos os meninos de rua jogam pedras.

— Talvez os meninos que não têm pais. Você tem, e somos todos nós. E não queremos que você faça essas coisas. Por isso, a partir de amanhã, você vai começar a ter aulas com a Riham. Não quero mais discutir.

Ibrahim sente a raiva lhe queimando por dentro,
levanta-se, sai de novo para a varanda
enquanto seus amigos permanecem imóveis, na sala, mudos

Ibrahim teve uma reação violenta

Se Nedal não o tivesse impedido, provavelmente teria dado um tapa em Ualid, e isso é algo que o torna menos inteligente, porque Ibrahim sempre foi bom e gentil com todos, principalmente com o rapaz

Ibrahim está nervoso, irritado

Não posso suportar ver um garoto de quinze anos
e ainda mais um por quem ele é responsável
querer dedicar a própria vida a matar as pessoas

Ibrahim segura a cabeça com as mãos, permanece imóvel por alguns minutos,
então volta para dentro e pede desculpas aos amigos,
vira-se e vai dormir.

— Ibrahim! Ibrahim!

— Mmm?

— Está acordado?

— Estou... quer dizer, agora estou... o que foi, Nedal?

— Queria falar com você, Ibrahim.

— Às três da manhã?

— Prefere conversar amanhã?

— Está bem. Espere, vou vestir alguma coisa. Espere lá fora...

— Está bem.

— Esse aí é doido. Vem me acordar às três da manhã para conversar...

— Você vem?

— Vou, Nedal, eu já vou... uff... pronto, estou indo... cheguei. Então?

— Sente-se.

— Está bem. Diga.

— Bem, é sobre mim e Riham. Sabe que estamos casados há dois anos... e... bem, já faz dois anos que tentamos ter filhos.

— Sim, está bem. E aí?

— Ontem, fomos ao ginecologista. Ibrahim, sabe que já faz um tempo que ela tem enjôos e tonturas?

— Certo, e aí?

— Como? Ainda não entendeu?

— Não. O que o ginecologista tem com isso?

— Você é lerdo mesmo! Ibrahim, Riham está grávida de dois meses.

— O quê? Grávida? Mas... grávida, tem certeza? Alá seja louvado! Isso, sim, é notícia! Ei! Nedal, que maravilha! Aaah, que engraçado! Nedal pai! Deus, eu nem imagino! E por que não contaram a todos, essa noite?

— Riham teve que fazer um esforço enorme. Não sei, queria que você soubesse primeiro. É isso, é uma notícia maravilhosa...

— Claro! Mas é menino ou menina?

— Ibrahim, ela só está de dois meses! Não dá para saber ainda!

— Santo Deus, ora essa. Nedal finalmente vai ser pai! Não é uma coisa absurda? Ei, você, que dizia que nunca chegaria a dar o grande passo! Imagino como Riham deve estar feliz.

— É verdade, não pára de falar de todas as coisas que temos que comprar para o bebê, e já começou a tricotar. A única coisa... bem... em um momento precário como este, pergunto-me se é justo fazer um filho. Nós... eu sei, é triste, é atroz dizer isso, mas eu e Riham, amanhã, podemos não estar mais aqui, não podemos garantir um futuro estável, tranqüilo, para o nosso filho. Temos direito de fazer nascer uma criança que, quando crescer, será uma cópia de Ualid, cheio de rancor, ódio, violência? Temos esse direito?

— Entendo o que você quer dizer, Nedal. Mas nós devemos sair dessa guerra, e o único modo de fazer isso é tentar viver uma vida normal e nos cercarmos de gestos, fatos e momentos normais. Você quer um filho, Nedal, e eu digo que tem o direito de ter um. Mas você terá o dever de educá-lo com princípios sólidos, e se não quer que se torne um clone de todos os outros garotos enfurecidos, ensine a ele o caminho do Senhor e direcione a mente dele para o caminho da paz e da fé. Mas não se entregue à guerra. É tão bonito isso, Nedal. Acredite, é uma notícia espetacular! Espere só até os outros saberem!

— Eu... obrigado, Ibrahim. Acho que você tem razão. Quero agradecer, Ibrahim, pois nos conhecemos há oito anos, e há oito anos você é meu amigo, sem reservas, nunca me traiu.

— Ah, pare. Assim vai me fazer chorar.

— Não, sério. Você nunca me perguntou o que eu fiz nos dois anos que passei longe de vocês. E eu quis guardar isso para mim. Bem, naqueles dois anos, tentei me desvencilhar de um laço que me parecia profundo demais, verdadeiro demais. E foi minha maneira de me render à guerra. Mas saí dessa quando voltei para vocês, e não quero mais cair nisso de novo. Eu gosto de você de verdade, Ibrahim. Para mim, você é tudo. Perdi minha mãe, minha irmã. Meu pai não voltou mais da Síria, não sei nem se ainda está vivo. E agora, estou reconstruindo a vida, e você é o pilar sobre o qual me sustento. Eu gosto de você de verdade.

— Eu também, Nedal. Mas pare com isso, a nossa é uma amizade eterna.

— Ibrahim! Ibrahim! Acorde, rápido, vamos! IBRAHIM!

— Aaaaaah... o que...?

— Ibrahim, ACORDA!

— Aaah... pare, idiota! Saia!

— É uma emergência! Seu cretino, acorda! Os soldados, rápido!

— Soldados? O quê? Quais?

— Acorda, Ibrahim!

— Mas... Nedal... o que está acontecendo?

— Soldados israelenses! A setecentos, oitocentos metros daqui! Devem ser uns dez! Houve uma briga, Ualid os provocou! Levanta!

Não precisa falar mais, Ibrahim já está de pé, de pé e correndo para o quarto onde dormem Ahmed, Mohammad e Ramy, entra de supetão, vai até a mochila de Ahmed, abre o zíper — não adianta, ele sabia — nada, a pistola não está lá, corre para a porta, tropeça, cai, levanta, corre, corre, sente a respiração de Nedal ao seu lado, então vira-se por um instante, olha Nedal:

— Sua mulher. Onde está sua mulher?

Mas Nedal faz que sim com a cabeça, como se quisesse dizer que ela está em segurança, não se preocupe, estão correndo, finalmente chegam, olham, atiram, gritos, carros virados protegem os garotos e os homens, os soldados de metralhadora na mão, por um lado, atiram meio ao acaso, e se vêem lances cuidadosos, uma pedra atinge um soldado na cabeça, o soldado cai, um companheiro o arrasta para o lado e atira na direção do homem que atirou a pedra, atinge-o no braço, o homem se abaixa, pega outra pedra e joga com o braço direito, então se protege atrás de uma Fiat, Ibrahim vê Ualid no chão, Mohammad, Ramy e Jihad ao lado dele, é grave? Grave? não, não deve ser grave, não pode ser, ele perde o fôlego, corre, é importante, corre, pronto, muito sangue, confusão, gritam, Ualid está no chão, no chão, sangue, sangue, os lábios secos se mexem — o quê? o quê? — pode me dizer o que foi, e ouve-se uma palavra, uma só palavra, na gritaria e no vozerio da batalha, ouve-se com nitidez aquela palavrinha

Mamãe

E a guerra continua,

Deus,

cuidado, não, cubram-no, rápido, levem-no para dentro, Mohammad acerta um soldado, cai, cai, levanta, atira, tiro no vazio, Ramy joga outra pedra, acerta-o no olho, leva uma mão ao olho, e Jihad joga uma pedra, acerta-o na cabeça, cai, cai, mas não levanta mais, então ouve-se um tiro, um tiro, é uma metralhadora, um grito, Ramy cai no chão, não!, nãããão, alguém grita, é Ibrahim, Ibrahim, pelo amor de Deus, é Ibrahim, atenção

A perna de Ramy, ele pega, está cheia de sangue, não é nada, nada, só a perna,

só a perna?

E se tiver uma gangrena, idiota, chamem uma ambulância, meu Deus, uma ambulância, Mohammad tem um celular, leva Ualid e Ramy para casa — não se sabe como — e chama a ambulância, chama, rápido, andem, por favor, é grave, muitos feridos, Nedal vai com tudo, joga pedras, joga, joga, com pressa, um movimento rápido, seguro, equilibrado, tem força no braço, muita força, dois, dois soldados, acerta dois, tem sorte, a metralhadora só o acerta de raspão, a mão, mas tem sorte, porque está muitas vezes na mira, mas não o acertam, pedras, de novo

Força no braço

Ibrahim nem se dá conta do movimento constante, rápido, quase mecânico, pega, mira, joga

Pega, mira, joga

atira

pega

atira

atira

atira

eles têm medo, todos eles, adrenalina pura, é preciso ficar atento, atento

matar antes de ser morto

é perigoso,

medo,

atira,

Ibrahim percebe que derrubou quatro ou cinco, não é mau, não é mau

o problema é que eles se levantam

Deus, reza para Deus

bism Allah al rahmen al rahim

medo,

mas onde está Ahmed? onde está? e lá está, ele o vê, está ali, mas o que está acontecendo? Contorna o carro, a proteção, coloca-se a uns vinte metros deles, menos, atira, atira, são quatro tiros, quatro soldados caem, e enquanto o quinto está caindo, está, isso, está atirando, o olho nervoso, é um tique? — desde quando Ahmed tem tique? — os lábios apertados, o olho brilhante, a mão firme, firme? não, ela treme, treme — parece absurdo, mas todos, por um instante, param de lutar e percebem uma mão que treme —

a mão que treme

treme

tremor

sacudido por pequenos movimentos rápidos e sucessivos

movido por pequenas oscilações

agitado por dentro

a mão, o olho

treme,

o tiro sai, sai, não, não é um tiro, são dois, como pode ser? Como pode ser? Uma única pistola, um só instante, dois tiros? Como pode ser? Não, não é cientificamente possível, há algo errado, não porque não é uma só pistola, são duas, ou melhor, uma pistola e um fuzil,

uma pistola roubada de um soldado israelense morto

e um fuzil MADE IN USA, que chegara um mês antes, de um soldado israelense,

vinte e oito anos, Jon Königsberg, mira perfeita, habilidade peculiar

é bom atirador

muito bom

antes de servir, nem sabia acertar os patinhos no parque de diversões

agora, tem uma mira perfeita,

atira, ouvem-se dois tiros, um no vazio, no vazio, qual? O de Ahmed

o outro acerta em cheio, em cheio, qual? Aquele para Ahmed

para Ahmed

a carótida

engraçado, porque o médico, depois, dirá que a bala acertou justamente a carótida, perfurou-a,

passou para o outro lado

uma mira perfeita

Ahmed caiu, Ahmed cai, seu corpo leve, o corpo de um sonhador, de um pensador, de alguém que gostava de ler — muito —, de alguém que lia — sempre —, tinha 23 anos, Ahmed, era o mais novo depois de Ualid, tinha muitos sonhos — queria escrever um livro, viajar, casar e ter muitos filhos, vencer, vencer e viver em paz em SUA terra, queria apenas viver, não queria que a seleção palestina ganhasse a Copa do Mundo, nem que o Estado palestino ampliasse seus territórios, só queria um Estado palestino, mas só o que conseguiu foi uma bala na carótida, 23 aniversários, os últimos quatro comemorados em silêncio, é a guerra, maldição, a guerra, Ahmed cai.

A loucura, o delírio, Ibrahim é protagonista de uma tragédia

que Ahmed teria definido como shakespeariana,

Hamlet delirando, fugindo, gritando,

o vermelho penetrando sua pele,

dentro da alma
arranhando.
Lia, Ahmed,
e se Ibrahim também tivesse lido aquele Hamlet
talvez soubesse
que, da loucura
não se sai mais

Momentos em que é difícil entender, difícil — porque — em que, talvez, se possa desaparecer, desaparecer, porque os sentimentos, as emoções, são fortes demais — fortes — e talvez não se agüente, maldição, maldição, fotos, lembranças, alguma coisa, objetos, objetos, mas não pessoas, pessoas, anseia por uma mão, uma mão forte, um abraço, a pessoa, não objetos — ele só tinha 23 anos — e os pais? Os pais, onde estarão? Por quê? Será que os pais existem? Ahmed estava com eles há cinco anos, cinco, e nunca — nunca — falara da família, mas existia uma família, afinal?, maldição, não seria justo, se houvesse uma família, não comunicá-la, uma mãe, um pai, não deveriam saber? Seria justo, mas não sabem nada sobre Ahmed, além da idade e do nome, e que gostava de ler, uma família? um passado?, não, obrigado, naquela casa, isso de nada servia, bastava ter vontade de vencer, de lutar, ser jovem e corajoso, todos se gostavam, conheciam-se, mas não perguntavam nada do passado, não, porque cada um era o que era, os passados não interessavam, nem os futuros, só os presentes, e, apesar disso, apesar disso, todos se conheciam muito bem e confiavam uns nos outros de uma maneira impressionante — por quê? —, e ainda não existe resposta, talvez, Deus, talvez, se Ibrahim tivesse acordado antes?, mas por que tão tarde, por que daquela maneira, por quê, ninguém sabe, ninguém entende, — Deus, ele tinha só 15 anos — agora queria nunca ter gritado com ele, e ele até podia ter fumado, o que era, no fundo, um pouco de nicotina?, nada, se você pensa que agora ele não existe mais, não existe, Riham? Riham, onde ela está?, sangue, a verdade, por quê?, não, o coração não agüentará mais, Riham está no chão, por quê? por quê? por que a deixaram sozinha? Deus, estava grávida, grávida, grávida, uma vida, duas vidas, mas é assim, assim, Riham está morta — morta? — não existe mais, mais?, Ualid está morto — morto? — não existe mais, 15 anos, quantas coisas Ualid nunca fez e nunca fará, Ahmed, Ahmed, corajoso, Deus, como foi corajoso, morto, morto, Ramy teve a perna amputada — não, por favor, nãããão, deixem minha perna, por favor, minha perna, *allahu akbar*, por favor — lágrimas, como as de um menino, as de um menino, Deus, amputaram, Ramy está no hospital, Deus, por quê? Um sopro de ar frio, ar, enxuga as lágrimas, enxuga-as, seca-as, por quê? Deus, ajude-me a sofrer

ajude-me a sofrer,

deixe estas lágrimas escorrerem

Ibrahim está morto, morto, não mais vive, ou, se vive, vive em outra dimensão

uma dimensão de morte, dor

mas ainda está vivo? Ele se pergunta, ele se pergunta — ainda estou vivo? — uma lágrima, duas, uma lua tênue,

tênue como o fio que separa a vida da morte,

um céu cheio de estrelas — cheio — pontinhos luminosos que emolduram o rosto elegante da noite,

e lágrimas — lágrimas — copiosas, infinitas, Ibrahim pensa

pensa

ainda tem uma vida de lágrimas

poderia chorar até morrer

morrer

não lhe importa mais

ele odeia

ele odeia

não perguntem o quê, ele odeia, neste momento, odeia a morte e odeia o amor

o amor que agora o faz sofrer

odeia os soldados

odeia qualquer israelense que viva na face da terra

é um ódio incondicional, irracional que não se pode explicar, justificar

mas tampouco criticar

não

não se pode, lágrimas

de novo,

pede a Deus, pede a Deus, um dia, tudo isto irá acabar — irá acabar — mas

Ibrahim não existirá mais.

Ramy viveu a amputação da perna com ódio e dor
e tomou um vidro de comprimidos
Mohammad deixou o trabalho no hospital
e dedicou a vida
à oração
perdeu qualquer ligação com a realidade e acabou enlouquecendo
foi internado em uma clínica psiquiátrica
Nedal odiou cada dia que lhe restou de vida sem a mulher
e a pequena vida que havia gerado junto com ela
até que se meteu em um tiroteio e foi morto por dois soldados
Jihad deixou a Palestina e foi para a Síria
onde tentou, em vão, reconstruir uma existência
Hoje, ele vaga sem alma nem consciência
Está vivo pois assim quer Alá
Ibrahim
Ibrahim morre a cada dia, junto com um amigo palestino, com um menino, com uma mulher, com um homem
junto com a Intifada e com quem participa da luta.

Este livro foi composto na tipologia Arrus BT, em corpo 11/15,5, e impresso em papel off-white 80g/m², no Sistema Cameron da Divisão Gráfica da Distribuidora Record.